Gaby Hauptmann
Das Glück mit den Männern

PIPER

Zu diesem Buch

Ob zehn Jahre verheiratet wie in »Französische Errungenschaft«, frisch verliebt wie in »Erstes Prickeln« oder im Stadium von »Bis dass der Tod euch scheidet« – Gaby Hauptmann kennt sie alle: die Hochs und Tiefs, die Aufs und Abs der modernen Beziehungswelt und findet hier vielleicht sogar die Lösung für den »Mann, das ewige Rätsel« ... Die Bestseller-Autorin erfreut uns mit neunzehn Geschichten, in denen sie auf gewohnt freche, witzige und höchst unterhaltsame Weise den Überraschungen des modernen Beziehungsdschungels frönt.

Gaby Hauptmann, geboren 1957 in Trossingen, lebt als freie Journalistin und Autorin in Allensbach am Bodensee. Ihre Romane »Suche impotenten Mann fürs Leben«, »Nur ein toter Mann ist ein guter Mann«, »Die Lüge im Bett«, »Eine Handvoll Männlichkeit«, »Die Meute der Erben«, »Ein Liebhaber zuviel ist noch zuwenig«, »Fünf-Sterne-Kerle inklusive«, »Hengstparade«, »Yachtfieber«, »Ran an den Mann«, »Nicht schon wieder al dente« und »Rückflug zu verschenken« sind Bestseller und wurden in zahlreiche Sprachen übersetzt und erfolgreich verfilmt. Außerdem erschienen die Erzählungsbände »Frauenhand auf Männerpo« und »Das Glück mit den Männern«, ihr ganz persönliches Buch »Mehr davon. Vom Leben und der Lust am Leben« sowie mehrbändige Jugendbuchreihen für Mädchen.

Gaby Hauptmann

Das Glück mit den Männern

und andere Geschichten

Piper München Zürich

Mehr über unsere Autoren und Bücher:
www.piper.de

Von Gaby Hauptmann liegen im Piper Taschenbuch vor:
Suche impotenten Mann fürs Leben
Nur ein toter Mann ist ein guter Mann
Die Lüge im Bett
Eine Handvoll Männlichkeit
Die Meute der Erben
Fünf-Sterne-Kerle inklusive
Ein Liebhaber zuviel ist noch zuwenig
Hengstparade
Frauenhand auf Männerpo
Yachtfieber
Ran an den Mann
Liebesspiel
Nicht schon wieder al dente
Rückflug zu verschenken
Das Glück mit den Männern

Ungekürzte Taschenbuchausgabe
September 2009

Erstausgabe: Weltbild, Augsburg 2008
Umschlaggestaltung: Cornelia Niere, München
Umschlagfoto: Datacraft / Getty Images (Fenster) und
Lauren Nicole / Getty Images (Kaktus)
Autorenfoto: Anne Eickenberg / Peter von Felbert
Satz: Uwe Steffen, München
Papier: Munken Print von Arctic Paper Munkedals AB, Schweden
Druck und Bindung: CPI – Clausen & Bosse, Leck
Printed in Germany ISBN 978-3-492-26323-8

INHALT

FRANZÖSISCHE ERRUNGENSCHAFT

Die Überraschung war ihm gelungen. Als er in Croix-de-Mer die holprige Sandstraße entlangfuhr, glaubte sie noch immer an das Hotel, das er für die nächsten vierzehn Tage gebucht hatte. Sie hatten alle Fenster des kleinen Leihwagens heruntergelassen, der warme Wind fuhr durch das Wageninnere und zerrte an ihren Haaren, es war herrlich.

Sie lachte und warf ihrem Mann einen glücklichen Blick zu.

Er fuhr konzentriert, und um seine Mundwinkel spielte ein Lächeln. Es war ihr zehnter Hochzeitstag. Andere ließen sich nach zehn Jahren scheiden, sie hatten sich vierzehn Tage Flitterwochen geschenkt. Einfach so – in einer Sektlaune.

»Zehn Jahre«, hatte er gesagt und die Flugtickets auf den Tisch gelegt, »zehn Jahre!« Mehr Worte waren nicht nötig gewesen, sie hatten beide gewusst, wovon er sprach. Davon, dass sie beide mit Befürchtungen in diese Ehe gegangen waren, davon, dass viele befreundete Ehepaare inzwischen getrennt waren, und davon, dass sie nach zehn Jahren Ehe noch immer kinderlos waren.

Vierzehn Tage Entspannung hieß loslassen vom Job, vom Alltag, vom Sex nach Fruchtbarkeits-Stundenplan.

Die Luft roch nach Pinienwäldern und Meer. Ein bisschen staubig zwar, aber sie war samtig weich. Ines streckte ihren Kopf aus dem Fenster, um in vollen Zügen genießen zu können.

»Wir hätten ein Cabrio mieten sollen«, sagte sie.

»Die kleinen waren schon weg, die großen zu teuer«, erklärte er. »Und zu groß. Was wollen wir mit einem Viersitzer.«

Er hatte recht. Sie verdienten beide gut, ihr Bankkonto konnte sich sehen lassen, aber Michael war gegen unnötige Ausgaben. »Falls wir doch noch umziehen müssen, brauchen wir unser Kapital«, sagte er immer.

Mit dem Umziehen spielte er auf die Kinderzimmer an. In ihrer jetzigen Maisonettewohnung, die über zwei Etagen ging, gab es keine abgetrennten Räume, außerdem wäre sie bei Zuwachs zu klein. Die Pläne für ein entsprechendes Haus hatten sie in der Schublade liegen, allerdings waren sie von den zwei Kinderzimmern schon wieder abgerückt, jetzt, nach zehn Jahren, wären sie auch mit einem zufrieden.

Der Blick öffnete sich, und linker Hand sahen sie nun weit unten das Meer wie ein silbernes Band liegen.

»Wunderschön«, sagte Ines. Sobald sie ihre Zimmer bezogen hatten, wollte sie an einen der berühmten Strände von Saint-Tropez. Sie hatte extra an ihrer Bikinifigur gearbeitet und war zweimal in der Woche zur Sonnenbank gegangen. Es war Mai, und sie wollte sich nicht sofort einen Sonnenbrand einfangen – außerdem wollte sie mit den französischen Strandschönheiten konkurrieren können.

»Ist das überhaupt die richtige Zufahrtsstraße?«, wollte sie von Michael wissen, denn inzwischen kam ihr die Straße doch verdächtig holprig vor.

»Goldrichtig«, sagte er und lachte.

Er sah noch immer gut aus, fand sie. Eigentlich hatte er sich überhaupt nicht verändert, außer, dass er vielleicht männlicher geworden war. Die Andeutung von Stirnfalten und die ersten grauen Strähnen im vollen, braunen Haar. Etwas früh vielleicht für vierzig, aber es stand ihm gut.

Ohne zu ihr hinüberzuschauen, griff er nach ihrer Hand.

»Wenn wir jetzt nicht anfangen zu leben, schaffen wir es nicht mehr«, sagte er.

Ines war sich nicht sicher, wie er das meinte. Klar, bisher hatten sie Tag und Nacht für den Job gelebt. Und sie war siebenunddreißig. Sie hatte noch drei Jahre, dann würde sie sich mit der Kinderlosigkeit abfinden. Diese Frist hatte sie sich selbst gesetzt. Mit einundvierzig noch. Höchstens mit zweiundvierzig. Älter wollte sie als junge Mutter nicht sein.

Michael bog in eine geteerte Straße ab. Er fuhr mit einer solch traumwandlerischen Sicherheit, als wäre er schon einmal da gewesen.

»Woher weißt du, dass es hier abgeht?«, wollte sie wissen. »Ich habe kein Hinweisschild gesehen.«

Er zuckte nur leicht mit den Schultern.

»Frauen haben halt keinen Orientierungssinn«, das war eines seiner liebsten Vorurteile. Sie antwortete nicht darauf. Frauen konnten auch nicht einparken, nicht rechnen, nicht grillen und hatten kein räumliches Vorstellungsvermögen.

Sie konnte damit leben. Dann grillte sie halt nicht.

Rechts der Straße, die parallel zum Meer verlief, reihten sich nun größere Grundstücke aneinander. Es war ein bisschen so, wie man sich Südfrankreich vorstellt: die Häuser etwas zurückversetzt in wild wuchernden Gärten, lange Tische unter schattigen Bäumen. Unzählige Rosen, die sich farbenprächtig an rissigen Hauswänden emporrankten, und verwitterte Fensterläden. Es roch würzig nach Kräutern.

»Ist das nicht ein Traum?«, fragte sie, und er nickte. Unwillkürlich sah sie ihre Maisonettewohnung vor sich. Chrom in der Küche und eine penible Aufgeräumtheit. Nirgendwo stand etwas herum, in der ganzen Wohnung nicht. Kein Nippes, keine Andenken, die nicht zur klaren Einrichtung mit den weißen Wänden passten. Der Innenarchitekt hatte ihr ein paar moderne Bilder empfohlen, an denen ihr Herz nicht hing, die aber dazugehörten.

Hier, in dieser bilderbuchhaften Umgebung, kam ihr ihre Vorzeigewohnung plötzlich leer und kalt vor. Sollten sie doch noch Kinder bekommen, dann würde sie das ändern. Mehr Leben, mehr Seele.

Sie schaute zu Michael, denn der Wagen hielt vor einem rostroten, verzierten Eisentor.

Er sagte nichts, und sie folgte seinem Blick zu dem Haus, das hinter dem Tor lag. Es war schlicht, aber gleichzeitig von einem bestechenden Charme. Vom Gartentor führte ein schmaler Kiesweg zu einer hölzernen Veranda, und ein wenig abseits blitzte etwas Blaues zwischen dem üppigen Grün hervor, offenbar der sichtgeschützte Swimmingpool.

»Hübsch«, sagte Ines. »Sehr hübsch!«

Sie wartete darauf, dass Michael weiterfuhr, aber er verharrte mit beiden Händen auf dem Lenkrad.

»Was willst du zuerst hören«, fragte er schließlich. »Die gute oder die schlechte Nachricht?«

Ines spürte, wie sich ihre Härchen aufrichteten. Eine schlechte Nachricht? Was konnte das sein? Hier in Südfrankreich, zu Beginn ihrer Flitterwochen?

»Die schlechte«, sagte sie und verkniff sich ein: »Was soll das?«

Michael schaltete den Motor aus und griff seitwärts in den Spalt zwischen seinem Sitz und der Autotür. Er legte ihr ein DIN-A4-Blatt auf den Schoß, auf dem sie nur »Gutachten« las.

»Gutachten, was?«, fragte sie.

»Die zehn Jahre Kinderlosigkeit liegen an mir«, sagte er leise. »Meine Samen sind nicht besonders beweglich.« Er machte eine Pause. »Eigentlich überhaupt nicht.« Er stockte wieder. »Oder wie der Befund sagt: Es wäre ein Wunder, wenn wir ein Kind bekommen könnten.«

Ines hielt die Luft an. Das war wirklich eine bittere Nachricht. Auf der anderen Seite hatte sie immer an sich selbst gezweifelt, so war es irgendwie auch ein Trost.

»Tja«, meinte sie schließlich und seufzte langsam. Sie überlegte, was sie dazu sagen könnte, aber es fiel ihr nichts ein.

So schnell nicht.

»Tja«, wiederholte sie. »Dann ist es wohl so.«

Wir hätten das mal früher prüfen lassen sollen, dachte sie. Schließlich waren sie selbst Ärzte. Vielleicht aber war das auch der Grund.

Zögernd fasste sie nach seiner Hand. »Und die gute Nachricht?«

Wieder griff er neben seinen Autositz und zog ein Dokument hervor.

Sie versuchte es zu lesen, verstand aber nichts. »Das ist französisches Behördenlatein«, sagte sie, fast ungehalten. »Das versteht kein Mensch – was steht denn da?«

In seinem Gesicht las sie Freude, aber auch einen Hauch von Unsicherheit.

»Das hier ist unser Anwesen«, sagte er und wies an ihr vorbei zu dem Haus.

»Das?« Automatisch schaute sie seinem Zeigefinger hinterher.

»Das!«, bestätigte er.

Sie horchte in sich hinein, spürte aber nichts.

»Und wie kommt das?«

»Da wir wegen Kinderlosigkeit kein Haus zu bauen brauchen, habe ich das Geld einfach anders angelegt.«

Es war ihr gemeinsames Geld, das war das Erste, was ihr einfiel. Und die Kinderlosigkeit lag an ihm. Sie hätten über Alternativen sprechen, sie hätten gemeinsam über eine Adoption nachdenken können.

»Gefällt es dir?«

»Ich bin sprachlos!« Ines schaute ihn an. Jetzt überwog die Unsicherheit in seinem Gesicht. Sie beschloss, sich zu freuen.

Alles Weitere würde man sehen.

»Es ist ein Traum!« Sie lachte und sprang aus dem Auto. »Komm, los, zeig es mir!«

Michael öffnete das Gartentor mit einem alten Schlüssel, dann nahm er Ines auf die Arme und trug sie über die grün überwucherte Grundstücksschwelle. Sie schlang die Arme um seinen Hals und küsste ihn.

Er wollte sie überraschen. Das war ihm gelungen. Und eigentlich war es doch schön, dass er auf einen solchen Gedanken gekommen war. Sie würde ihn auch bestimmt nicht nach dem Preis fragen, obwohl ihr diese Frage auf der Seele brannte.

Das Haus war vollständig eingerichtet, leichte Möbel, kräftige Farben, viel Licht. Die Küche beherbergte ein Sammelsurium an getöpferten Wasserkrügen, Tellern und Tassen, die meisten von ihnen mit einem blau-weißen Muster versehen. Mediterran, dachte sie, auch die vielen kleinen Kissen mit den Sonnenblumen.

»Schön«, sagte sie und drehte sich wie in Kindertagen um sich selbst. »Wunderschön!«

Und wenig später lag sie mit Michael auf dem Holzfußboden, sie liebten sich auf einem Sonnenfleck, der durch die Verandatür fiel und die breiten Holzbohlen aufleuchten ließ. Kleine Staubflocken flirrten im Licht, und es war wie früher – Liebe, einfach so, weil es schön war.

Es war schön. Und es war auch die nächsten Tage schön. Sie liebten sich häufig, mal da, mal dort, und sie verbat sich, dabei an seine Samenfäden zu denken, die ihren Dienst nicht tun wollten. Schlaffis, dachte sie, ließ sich aber nichts anmerken. Vielleicht geschah ja doch ein

Wunder, wer wusste das schon so genau. Möglicherweise half ja die würzige Luft, das kräuterreiche Essen oder die vielen eiweißreichen Fische, die sie sich täglich brieten.

Sie waren am Strand gewesen, hatten auf dem Heimweg ein kleines Restaurant entdeckt, das einen gemütlichen Innenhof hatte. Aus der angepeilten halben Stunde wurden zwei, dann drei, denn das Essen war einfach und kräftig, viele verschiedene Gänge, die ständig aus der Küche kamen, und der empfohlene Wein war nicht nur gut, sondern auch schwer. Zu Hause gingen sie direkt nach oben, zogen in dem geräumigen Schlafzimmer die Vorhänge zu, um das späte Tageslicht auszusperren, und sanken ins Bett. Gerade, dass sie sich noch »Gute Nacht« sagen konnten, bevor ihnen die Augen zufielen.

Ines wachte auf, weil sie etwas gehört hatte.

Es war stockdunkel im Zimmer, und ihr erster Gedanke war, dass sich Michael auf dem Weg zur Toilette irgendwo angestoßen habe. Sie griff zur anderen Betthälfte hinüber, aber er lag schlafend neben ihr. Ines richtete sich auf, aber als es still blieb, ließ sie sich wieder zurücksinken. Sie musste geträumt haben. Da war nichts.

Doch! Schritte auf dem Kies. Jetzt hörte sie es ganz deutlich. Sie versteinerte, dann griff sie nach Michaels Arm und schüttelte ihn vorsichtig.

»Michi«, flüsterte sie atemlos. »Michi, wach auf. Da ist jemand!«

Ein leiser Schnarchton war seine Antwort, gleich darauf drehte er sich von ihr weg und schlief weiter.

»Michi!«

Leise tastete sie sich aus dem Bett ans Fenster. Sie überlegte, welche Nummer die Polizei in Frankreich hatte und ob es überhaupt so etwas wie einheitliche Notrufnummern gab. Sie hatte keine Ahnung.

Sie schob den Vorhang zur Seite. Es war nichts zu sehen, aber sie hörte etwas. Stimmen.

Wenn es Einbrecher waren, schienen sie offensichtlich davon auszugehen, dass niemand im Haus war. Wie gewaltbereit waren französische Gangster? Augenblicklich sah sie Horrorszenen von maskierten Männern vor sich. Sie wollte mit keiner Strumpfmaske konfrontiert werden und auch mit keiner Pudelmütze mit herausgeschnittenen Augenlöchern. Noch schlimmer war wahrscheinlich, wenn sie gar nicht maskiert waren – denn dann konnte man sie wiedererkennen.

»Michi!«

Sie stürzte sich auf ihren Mann und rüttelte ihn, bis er sich schlaftrunken aufrichtete.

»Geht's dir nicht gut?«, fragte er mit schwerer Zunge.

»Da unten ist jemand. Wach auf!! Ich glaube, es sind Einbrecher!«

Sie konnte ihn im Dunkeln nicht sehen, aber sie spürte, dass er sie ungläubig anstarrte.

»Du hast schlecht geschlafen«, sagte er schließlich und ließ sich wieder zurücksinken.

Im selben Moment dröhnte ein Schlag durchs ganze Haus. Das war die Haustür, sie fiel lautstark ins Schloss.

Jetzt schoss Michael hoch. »Was war das?«, wollte er von Ines wissen.

»Da ist jemand«, flüsterte sie.

»Ich schau nach!« Michael suchte nach dem Lichtschalter an der Wand, aber Ines schlug seine Hand weg.

»Lass!«, zischte sie. »Dann sehen sie gleich, dass wir hier oben sind. Sie denken wohl, das Haus sei leer!«

Er antwortete nichts darauf, sondern ging leise zur Tür. Ines heftete sich an seine Fersen. Im Treppenhaus war noch alles dunkel. Michael schlich die ersten Stufen hinunter, Ines folgte ihm.

»Ist das sinnvoll?«, fragte sie leise. Sie hätte sich lieber versteckt, als dem Tiger direkt in den Rachen zu laufen.

»Wir müssen schließlich nachschauen!«

Ines blieb stehen. Seine Logik war nicht ihre. Nachschauen? Sie in leichter Unterwäsche und auch er nur in Shorts – was hatten sie einem Einbrecher entgegenzusetzen?

Michael war halb unten, als helles Licht aufflammte. Zwei Leute standen in der Tür, genau sehen konnte Ines das nicht, denn sie rannte hoch, während unten die Tür wieder zufiel und Michael »Wer sind Sie?« und »Ich rufe die Polizei!« brüllte.

»Michael, komm hoch«, schrie sie, denn das Beste war wohl, sich im Zimmer einzuschließen.

Auf dem obersten Absatz blieb sie stehen, drehte sich nach ihrem Mann um und sah zu ihrer Verwunderung, wie die Tür unten wieder aufging. Ein Mann stand da, der in seinem hellen Leinenanzug nicht wie ein Einbrecher aussah – und hinter ihm stand eine Frau, die wortlos Michael anstarrte, der wie angewurzelt halb nackt auf der Treppe stand.

Die Szene hatte etwas Unwirkliches. Auch Michael

schien es so zu empfinden, denn er rieb sich kurz mit dem Handrücken über die Augen.

»Was tun Sie da?«, wollte der fremde Mann wissen und behielt die Türklinke fluchtbereit in der Hand.

»Was ich da tue?«, fragte Michael, und seine Starre löste sich ein wenig. »Das muss ich doch wohl Sie fragen. Schließlich ist das unser Haus!«

»Ihr Haus?« Die Frau schob sich etwas nach vorn. »Seit wann?«, wollte sie mit heller Stimme und französischem Akzent wissen.

Michael schaute sich nach Ines um. »Also«, sagte sie und ging eine Treppenstufe hinunter. »Einbrecher sind Sie wohl nicht!«

»Wir?« Jetzt klang die Stimme der Frau schrill. »Sie sind doch unbefugt hier eingedrungen. Wieso denn wir?«

»Halt!« Michael hob beide Hände. »Hier scheint ein Missverständnis vorzuliegen.«

»Ja, und das mitten in der Nacht«, fügte der fremde Mann hinzu.

»Ich hole unsere Bademäntel«, erklärte Ines.

»Gut«, sagte Michael und ließ die seltsamen Besucher dabei nicht aus den Augen. In der Küche blieben sie stehen und musterten sich gegenseitig.

»Ich habe das Haus gekauft!«, erklärte Michael bestimmt. »Wie kommen Sie auf die Idee, dass wir in unser eigenes Haus eingedrungen seien?«

Der Mann schüttelte leicht den Kopf. »Weil ich es nie verkauft habe.«

»Was soll das heißen?«, wollte Ines wissen, der unwohl wurde.

»Nun.« Er zeigte mit einer Kopfbewegung zu seiner Frau hinüber, die sich gegen den Küchentisch gelehnt hatte und leicht säuerlich auf den Abwasch schaute, den Ines am Morgen im Spülstein hatte stehen lassen. »Nun«, wiederholte er. »Das Haus gehörte den Eltern meiner Frau. Wir sind nicht oft da, aber das ändert nichts an der Tatsache, dass sie es geerbt hat.«

Michael starrte ihn an. »Aber ich habe doch die Papiere. Die Unterlagen. Alle Dokumente!« Michael schüttelte den Kopf. »Da muss ein Irrtum vorliegen!« Er schaute die fremde Frau zweifelnd an. »Haben Sie vielleicht hinter dem Rücken Ihres Mannes …?«

»Das kann nur ein Deutscher fragen«, erklärte sie spitz.

»Entschuldigen Sie mal«, fuhr Ines dazwischen, »irgendeine Erklärung muss es schließlich geben!«

»Ich hole die Unterlagen«, schlug Michael vor.

»Und ich etwas zu trinken«, erklärte der Mann. »Oder ist von meinem Bordeaux nichts mehr da?«

Ines schüttelte nur den Kopf. »Ich habe gar keinen Bordeaux gesehen!«

»Dann haben Sie meinen kleinen Weinkeller noch nicht entdeckt?« Ein schräges Lächeln glitt über sein Gesicht. »Welch ein Glück!«

Ines und die Fremde waren allein, und es wurde unangenehm still.

»Da fehlt ein Krug«, sagte die Frau plötzlich und wies auf das Regal über dem Herd.

»Ja, der große blaue«, bestätigte Ines. »Ich habe oben im Schlafzimmer Wiesenblumen drin.«

»Wiesenblumen in einem Wasserkrug!« Sie schüttelte den Kopf.

»Ja, ich weiß, so etwas machen nur Deutsche.« Ines verzog leicht den Mund. »Wenn Sie die Deutschen als so stillos empfinden, warum sind Sie dann mit einem verheiratet?« Es rutschte ihr so heraus.

»Ich habe es vorher nicht gewusst!«

Na, das hörte sich jedenfalls nicht nach glücklichen Ehejahren an, dachte Ines und war froh, als die beiden Männer zurückkamen. Michael legte seine schmale Aktentasche neben die Weinflasche auf den Tisch und ging zum Wandschrank, um Gläser zu holen. Abwartend blieben beide Männer davor stehen. »Und wer ist jetzt der Hausherr?«, fragte der Mann, aber seine Stimme klang, als ob er dem Lachen nahe sei.

»Ich hole den Korkenzieher«, wich Michael aus.

Schließlich saßen sie zu viert um den Tisch und stellten sich gegenseitig vor.

»Ludwig und Fleure Nieberg aus Hamburg«, sprach er für seine Frau mit.

Michael tat es ihm gleich. »Ines und Michael Reuss aus Bonn.«

»Angenehm«, sagte Ludwig Nieberg und streckte die Hand nach der Flasche aus. »Und jetzt lassen Sie mal sehen!«

Michael schien noch immer nicht ganz überzeugt. Ines merkte es daran, wie er die Papiere eher zögernd über den Tisch schob. Aber was konnten sie damit anfangen, wenn es Betrüger waren? Aufspringen und mit den Unterlagen davonlaufen? Oder hatte sie doch einen Revolver in ihrer

Handtasche? Eine kleine Beretta? Aber so sahen sie wahrlich nicht aus.

»Was haben Sie bezahlt?«, wollte Ludwig Nieberg wissen und entkorkte die Flasche.

Das interessierte Ines ebenfalls brennend. Ihr Mann war Arzt, kein Geschäftsmann. Und in manchen Dingen emotionaler als sie.

Mit einem kleinen Seitenblick zu ihr sagte er leise: «Hunderttausend Euro!«

»Na, die sind jedenfalls futsch«, erklärte Ludwig und schnüffelte am Korken. »Da sind Sie einem Betrüger aufgesessen, die Unterlagen sind gefälscht!«

»Und woher wollen Sie das so genau wissen, Sie haben ja noch nicht einmal richtig hingesehen«, begehrte Ines auf. »Vielleicht sind Sie ja der Betrüger!«

Ludwig lachte, schenkte sich einen Schluck ein, testete, rollte mit der Zunge und schluckte. »Formidable«, sagte er zufrieden und nickte seiner Frau zu. »Ein wunderbares Tröpfchen, er wird dir schmecken.«

»Mir schmeckt nichts, solange die Sache hier nicht geklärt ist«, entgegnete sie und warf ihm einen unwilligen Blick zu.

Ludwig schenkte in aller Ruhe die vier Gläser ein und hob seines zum Anstoßen hoch. »Auf diese unglaubliche Nacht!« Er lachte. »Ich dachte, Sie seien Einbrecher, als Sie da oben plötzlich auftauchten.«

»Das Gleiche dachten wir von Ihnen!«, entgegnete Michael.

Ines hätte auch gern gelacht, aber die Zahl Hunderttausend stand wie gemalt vor ihren Augen.

Lass es nicht wahr sein, dachte sie, dass er unser sauer verdientes Geld einem Betrüger in den Rachen geworfen hat.

Inzwischen blätterte Ludwig die verschiedenen Dokumente durch, betrachtete die Stempel und Unterschriften und blieb dann schließlich an dem Konto hängen, auf das die Zahlung erfolgt war.

»Interessant«, sagte er. »Wie kamen Sie auf die Idee, gerade dieses Haus kaufen zu wollen?«

»Es sollte eine Überraschung für meine Frau werden«, erklärte Michael wahrheitsgemäß. »Wir feiern unseren zehnjährigen Hochzeitstag, ich dachte, ein kleines Haus in Südfrankreich wäre für uns beide eine wunderbare Sache!«

Ludwig nickte Ines wohlwollend zu. »Sie haben einen großzügigen Mann!«

Ines sagte nichts.

»Und es war doch eine gelungene Überraschung«, fuhr Ludwig fort. »Oder nicht?«

»Doch, kann man so sagen«, bestätigte Ines tonlos und trank einen großen Schluck. Hunderttausend, dachte sie. Ich glaube, ich falle tot um.

Ludwigs Zeigefinger hing noch immer an der gleichen Stelle.

»Von Deutschland nach Frankreich.« Er schaute auf das Datum des Überweisungsscheins, den Michael fein säuberlich kopiert hatte. »Wenn Sie nicht gerade bei uns einziehen wollen, könnte ich das vielleicht noch retten!«

»Sie können das noch retten?«, fragte Ines ungläubig. »Wie denn?«

»Wir kooperieren mit dieser französischen Bank«, erklärte er. »Ich rufe da morgen an. Vielleicht lässt sich das noch stoppen. Aber es wird nicht, falls es klappt, ohne Gebühr abgehen!«

»Was heißt wir?«, wollte Ines wissen, während Michael ein breites Grinsen aufsetzte.

»Das wäre ja wunderbar«, sagte er. »Eine Gebühr ist ja selbstverständlich! Jede Gebühr!«

»Ich arbeite für verschiedene Banken als Berater. Da habe ich einen gewissen Einfluss! Ich werde schauen, was ich da noch bewegen kann!« Sein Zeigefinger glitt über die beiden Bankverbindungen auf dem Papier.

»Der Makler hatte übrigens einen Schlüssel«, erklärte Michael. »Wir hatten in Nizza einen Ärztekongress, und bei der Gelegenheit kamen wir ins Gespräch. Er hat mir das hier gezeigt, und ich habe gedacht, dass dies eine wunderbare Gelegenheit sei, um aus unserer Routine auszubrechen!«

»Einen Schlüssel?« Ludwig zog die Augenbrauen hoch. »Das werden wir morgen gleich mal der Polizei melden!« Er schaute Michael an. »Aber klar, Sie haben ja auch einen.« Er griff nach der Hand seiner Frau. »Das ist ja unglaublich, mon chérie, da kann ich dich hier nicht mehr allein lassen. Wer weiß, wer da sonst noch alles kommt!«

Fleure nickte und schaute Ines an. »Dann werden mein Mann und ich den Rest der Nacht vermutlich im Gästezimmer schlafen, denn Sie werden heute ja wohl nicht mehr ausziehen wollen …?«

»Aber nein«, entgegnete ihr Mann, »das wäre ja herzlos!«

»Wenn er das schafft«, sagte Ines, als sie endlich wieder im Bett lagen, »dann ist es ein Riesenglück!«

»Es tut mir leid«, sagte Michael und zog sie in seine Arme. »Ich war so begeistert von dem Haus, der Lage und der Idee. Ich wollte dich einmal so richtig überraschen. Mit etwas völlig Ausgefallenem, einem neuen Lebensweg. Ich dachte, wir würden dann zwischendurch mal hier herunterfahren, vielleicht sogar länger Urlaub machen oder auch nur verlängerte Wochenenden. Und überhaupt … auch später …«

»Ist ja gut.« Sie küsste ihn. »Wer soll das auch ahnen. Trotzdem. So eine Begegnung um Mitternacht kann ja auch ganz anders ausgehen. Stell dir mal vor, einer von uns hätte eine Knarre gehabt.«

Er drückte sie und war kurze Zeit später eingeschlafen.

Draußen wurde es schon hell, und Ines zog die Vorhänge wieder zu. Dann kuschelte sie sich an Michaels warmen Rücken, lauschte seinen regelmäßigen Atemzügen und versuchte ebenfalls, Schlaf zu finden. Trotzdem lag sie noch eine Weile wach.

Als sie am nächsten Morgen hinunterkamen, saß Ludwig bereits mit einem Kaffee und dem Telefon im Garten. Er winkte ihnen zu und legte gleichzeitig den Finger auf den Mund.

»Okay, wir stören ihn besser nicht«, sagte Ines. »Lass uns mal wegen des Frühstücks nach Fleure schauen.«

Im Flur standen zwei große Koffer, aber von Fleure war nichts zu sehen.

»Französinnen schlafen lange«, erklärte Ludwig.

Ines war ganz recht, dass sie noch allein war, so war die Rolle der Frau im Haus wenigstens klar. Sie deckte den Tisch und bat Michael, frische Brötchen und ein Baguette zu holen. Eine Stunde später saßen sie alle am Tisch. Fleure hatte ihre schwarzen, dichten Haare mit einem breiten Stirnband gebändigt. Sie sah ausgeschlafen und sehr apart aus. Ines schätzte sie auf Mitte dreißig. Ludwig war bedeutend älter, vielleicht wirkte das aber auch nur so durch seine besonnene, kompetente Art.

Fleure schien sich mit der seltsamen Situation abgefunden zu haben. Jedenfalls hielt sie sich mit bissigen Bemerkungen zurück. Vielleicht war sie aber auch nur stolz auf ihren Mann, der gleich verkündete, dass er einige Leute auf den Fall angesetzt hatte.

»Das müssen wir leider auch ein bisschen bezahlen«, erklärte er Michael und verzog kurz das Gesicht.

»Sie meinen die Gebühr?« Michael nickte bereitwillig. »Das haben wir ja gestern schon besprochen. Das ist keine Frage!«

»Ich meine eher die Leute, die sich jetzt hier in Frankreich in dieser Sache betätigen. Ganz legal ist das nicht, aber für eine – sagen wir mal: Belohnung – habe ich einen entsprechenden Bankangestellten gefunden, der an der Schaltstelle sitzt. Das Geld wurde noch nicht abgehoben, er kann es wieder zurücktransferieren!«

»Das ist ja sensationell!« Michael sprang auf, und auch Ines bekam einen Adrenalinschub. Sie spürte, wie ihr Herz pochte.

»Wie viel?«, wollte Michael schnell wissen.

»Zehntausend!«, erklärte Ludwig und zuckte mit den Schultern. »Dafür ist Ihr Geld morgen wieder auf Ihrem Konto in Bonn! Spätestens übermorgen!«

Michael warf Ines einen Blick zu. Sie strahlte. »Das ist der normale Finderlohn«, erklärte sie. »Zehn Prozent!«

Michael nickte. »Und was bekommen Sie für Ihre Mühe?«, wollte er von Ludwig wissen.

Ludwig lachte und zuckte mit den Schultern. »Ich hatte meinen Spaß, nicht wahr, Fleure?« Sie lächelte verhalten. »Und unser Spitzenwein ist ja noch da!«

»Aber irgendwas ... irgendwie ...«, versuchte es Michael erneut.

»Was sind Sie denn für ein Arzt?«, wollte Ludwig wissen.

»Chirurg«, sagte er. »Und Ines ist Augenärztin.«

»Na, wenn ich mal einen Herzschrittmacher brauche, lasse ich es Sie wissen.« Ludwig klopfte sich auf die Brust. »Die andere Frage ist, ob Sie das Geld herbeischaffen können oder ob ich es Ihnen ausleihen soll?«

»Das schaffe ich schon«, erklärte Michael, »nachher ziehen wir los, suchen uns ein Hotel, und ich besorge das Geld. Aber zum Abendessen dürfen wir Sie doch sicherlich einladen? Ich meine, ganz ohne Dankeschön – das wäre doch schäbig.«

»Und sagen Sie jetzt nicht deutsch«, sagte Ines im Scherz zu Fleure.

Die Französin zog ihre schmale Nase kraus. »Ich wüsste ein schönes Restaurant, wenn Sie unbedingt wollen«, verkündete sie und lächelte verhalten. »Es ist aber nicht gerade günstig!«

»Schon gebongt!« Michael holte tief Luft und schaute Ines in die Augen. »Bin ich froh«, sagte er, und Ines gab ihm seinen Blick zurück. Sie war es auch.

Der Abend war eine seltsame Mischung verschiedenster Gefühle. Mal war Ines traurig, dass sie das schöne Anwesen so schnell verloren hatten, sie hatte sich tatsächlich schon ein bisschen in das Haus und den wilden Garten verliebt, und dann war sie wieder glücklich über den glimpflichen Ausgang der Geschichte. Dass die hunderttausend Euro wieder da waren, grenzte tatsächlich an ein Wunder. Wenn sie schon nicht schwanger wurde, dann doch wenigstens nicht auch noch arm. Besser ein Wunder als gar keins.

Spät nachts setzten sie Fleure und Ludwig vor ihrem Ferienhaus ab. Sie verabschiedeten sich vor dem Gartentor, und Ines lobte das Essen. Es war wirklich phantastisch gewesen. Für die Nacht hatten sie ein Hotelzimmer in der Nähe gemietet, und morgen würden sie nach Cannes weiterfahren. Sie wollten ein bisschen Abstand zwischen sich und die Sache bringen.

Als sie wieder in ihr Auto stiegen, legte Ludwig den Arm um seine Frau und zog sie an sich. Fleure lehnte ihren Kopf an seine Schulter. Vielleicht lieben sie sich ja doch, dachte Ines. Man sollte nicht immer auf den ersten Eindruck hereinfallen.

Ludwig hatte den Umschlag mit dem Geld in der Hand und winkte ihnen damit zu. »So, das war's«, flüsterte er Fleure ins Ohr.

»Bon!«, sagte sie. »Wann kommen die Nächsten?«

LEIDENSCHAFT IN ROT

Sie spürte es, ohne hinzusehen. Seine wachsende Ungeduld sirrte wie ein Pfeil durch den Laden und traf sie im Nacken. Von dort aus breitete sich die Gewissheit wie eine Hitzewelle über ihren Körper aus und brachte sie schließlich dazu, ihren Kopf nach ihm umzudrehen.

Er saß breitbeinig auf dem Stuhl und betrachtete seine wippenden Schuhspitzen.

Sie bemühte sich, ihn nicht zu beachten, und lächelte der Verkäuferin entgegen, die das nächste Paar Schuhe brachte. Und sie musste sich beherrrschen, um nicht schon die Hände begehrlich nach ihnen auszustrecken. Aber genau von diesem Modell hatte sie geträumt: High Heels. Extrem hoch und extrem rot. Feinstes Lackleder. Überirdisch. Die Verkäuferin reichte ihr eines der beiden Prachtexemplare, und sie strich zart mit den Fingerspitzen darüber. Das Leder fühlte sich gut an. Glatt und kühl. Fast wie Glas.

Sie hob den Schuh etwas an und betrachtete ihn, während sie ihn langsam drehte. Er hatte eine elegante Form. Vorne nicht zu spitz, aber auch nicht zu rund. Die feuerroten Seiten waren tief heruntergezogen, der schmale Absatz war gut zehn Zentimeter hoch.

Er würde einen erotischen Fuß machen, das war klar. Als sie hineinschlüpfte, hielt sie unwillkürlich den Atem an. Er musste passen. Es durfte gar nicht anders sein. Es war so schwierig, bei ihrer Schuhgröße einen solchen Schuh zu finden. Bei Größe vierzig zeigten die meisten Modelle eher biedere Gangbarkeit. Vorsichtig stellte sie ihre Füße nebeneinander. Es sah atemberaubend aus. Sie stand auf, strich ihren Rock glatt und wagte die ersten Schritte auf ihren Mann zu.

Er hob den Blick. Aber nur so weit, bis die Schuhe in sein Augenumfeld liefen.

»Und damit willst du durchs Dorf laufen«, brummte er. »Da hast du bis zur Laterne alle Hunde hinter dir.«

Sie lächelte und schaute, ob die Verkäuferin etwas verstanden hatte. Die tat, als sei sie beschäftigt.

»Sie sind wunderschön, schau doch nur!«, sagte sie und strich noch einmal ihren Rock glatt, der, grau und knielang, nicht so richtig zu den Schuhen passen wollte.

»Ich sehe«, sagte er und hob etwas den Kopf.

Er war untersetzt, um die Hüfte recht beleibt, und in den Schuhen war sie über einen Kopf größer als er. Aber damit hatte er kein Problem. Auch bei ihrer Hochzeit vor fünfunddreißig Jahren war sie deutlich größer gewesen, und trotzdem hatten sie im Festsaal die Nacht durchgetanzt. Heute bewirtschafteten sie den Festsaal selbst – mitsamt der angeschlossenen Metzgerei. Seine Eltern hatten sich vor zehn Jahren zur Ruhe gesetzt.

Er knetete seine geröteten Finger und schaute auf.

»Gefallen dir die besser als die schwarzen?«

Stimmt, da lagen ja auch noch die schwarzen. Und die zehn anderen Paare. Die Auswahl war groß, die Wahl schwer. Die Schwarzen hatten ihr auch gut gefallen. Hoch und an der Ferse offen. Elegant mit kleinen, schwarzen Perlen bestickt. Schmal am Fuß und sündhaft teuer.

Für die Hochzeit ihres Sohnes, hatte sie gedacht. Einfach mal ein bisschen mehr Pepp.

Sie lächelte entschuldigend und setzte sich wieder auf ihren Stuhl. Die Verkäuferin wartete geduldig. Sie war jung und hübsch und in diesem exklusiven Schuhgeschäft in der Züricher Bahnhofstraße jede Art von Kundschaft gewohnt.

»Darf ich Ihnen noch etwas zeigen?«, fragte sie.

Luisa warf ihrem Mann einen Blick zu.

Bruno zog seinen grünen Pullover zurecht. »Dazu sind wir hier«, sagte er.

Luisa nickte lächelnd.

Er hatte an Schmuck gedacht.

Aber sie wollte zu ihrem sechzigsten Geburtstag keinen Schmuck. Sie hatte zwei Uhren, einige Ringe und Armbänder; drei goldene Ketten und eine wunderschöne Perlenkette, Erbstück ihrer Mutter. Sie zog nichts davon an. Schmuck bedeutete ihr nichts. Er passte auch nicht ins Geschäft.

Handtaschen brauchte sie auch nicht.

Sie liebte Schuhe.

Wie andere Bilder oder Kunstwerke liebten.

Sie musste ihre Schuhe noch nicht einmal anziehen. Es reichte ihr schon, wenn sie sie zu Hause betrachten konnte. Sie regten ihre Phantasie an, ließen sie von Paris und Florenz träumen, von der Côte d'Azur, dem *Négresco* und der Stretchlimousine vor dem Hoteleingang. Diese Schuhe waren wie eine Eintrittskarte in ein Leben, das sie nie leben würde.

Aber ihr Mann konnte sie verstehen. Er hatte ihr eine Reise nach Paris versprochen. In ein schönes Hotel und dann ins *Lido*.

Dazu brauchte auch er passende Schuhe, aber die Schuhe, die ihm gefielen, waren ihm meistens zu groß. Bei ihr waren sie meistens zu klein. Sie hatten dieselbe Größe.

Die Verkäuferin brachte einen offenen Traum in Gold. Es hatte etwas Römisches, wie sich der zart gewirkte Schlangenleib um die Fessel schmiegte und der flache Kopf mit den Rubinaugen knapp oberhalb des Knöchels ruhte.

Bruno nickte, obwohl sein Fuß schon wieder wippte. Er war das lange Sitzen in teuren Schuhgeschäften nicht gewohnt.

»Hübsch«, sagte er.

»Dürfen wir Ihnen noch einen Kaffee servieren?«, fragte eine zweite, ebenfalls junge Verkäuferin in bemühtem Hochdeutsch.

»Nein, danke«, wehrte Bruno ab. »Ein Kaffee reicht mir.«

»Vielleicht ein Mineralwasser? Oder ein Glas Champagner?«

»Sehr liebenswürdig«, entgegnete Bruno, und seine ohnehin rote Gesichtshaut bekam eine noch dunklere Färbung. »Aber ich brauche nichts.«

»Bitte sehr«, sagte sie und zog sich in den hinteren Geschäftsraum zurück. Auch dort wurden Schuhe verkauft.

Luisa war glücklich.

Vier Paar Schuhe wurden eingepackt, eines schöner als das andere. Auch das letzte, mediterrane blau-weiße, Paar mit dem halsbrecherischen Absatz, das wunderbar zu ihrem weißen Hosenanzug passen würde.

Bruno zuckte mit keiner Wimper. Er nahm seine goldene Karte aus dem abgewetzten Geldbeutel und leistete seine Unterschrift, ganz so, wie sie ihn kannte: etwas ruckig, weil die Kulis für seine Hände immer zu dünn waren.

»So«, sagte er, nachdem er die Tragetasche im Kofferraum ihres Mercedes versenkt hatte. »Jetzt hast du die schönsten Schuhe im ganzen Dorf!«

»Ja.« Sie küsste ihn schnell auf den Mund. »Ich dachte schon, du wirst ungeduldig!«

»Ich auch«, sagte er. »Nach dem zehnten Paar.«

»Schön, dass du so lange durchgehalten hast. Ich danke dir, es ist ein wunderbares Geburtstagsgeschenk. Und ich freue mich schon auf heute Abend. Ich werde sie dir alle noch einmal vorführen!«

»Ich bitte darum!«

Schweigend saßen sie nebeneinander im Auto, jeder hing seinen Gedanken nach. Am liebsten hätte Luisa den roten Lackschuh mit nach vorn genommen und das glatte Leder gestreichelt. Er hatte sich so schön angefasst. Sie würde ihn vielleicht auf ihr Nachtkästchen stellen, dann hätte sie ihn immer vor Augen.

Bruno hielt die Höchstgeschwindigkeit exakt ein. Keiner Behörde dieser Welt gönnte er sein Geld. Und den Schweizer Straßenräubern schon dreimal nicht. Er hatte die Tachonadel fest im Blick.

Der Mercedes schaukelte etwas. Er brauchte neue Stoßdämpfer, dachte Bruno. 200 000 Kilometer, das war ein Wort. Und oft mit Anhänger. Aber Stoßdämpfer waren teuer, und es gab Wichtigeres als Stoßdämpfer.

Die graue Stoffhose drückte, und er öffnete den Gürtel. Die Rösti waren lecker gewesen. Das können die Schweizer, dachte er. Rösti und Züricher Geschnetzeltes. Der Tag war gut gelaufen, und sie waren recht früh zurück. Er konnte sich noch um seinen Laden kümmern.

Eine Uhr wäre teurer gewesen.

Am Konstanzer Zoll hatte er beide Ausweise parat.

Und er fand es erstaunlich, dass der Zöllner trotz seiner Aussage, dass er nichts einführen würde, den Kofferraum sehen wollte.

»Und?«, fragte der Uniformierte, als er die große Tüte sah. »Ist das nichts?«

Sie stellten den Wagen ab und betraten das Zollgebäude. Luisa war aufgeregt, und Bruno kramte den Beleg aus seinem Geldbeutel. Sie mussten sich auf zwei Bänke setzen, die Tüte stand am Boden. Bruno sagte nichts. Er wartete ab.

Luisa bangte. Was war falsch?

»Würden Sie das bitte auspacken?«, fragte der Zöllner freundlich, und Bruno packte eine Schachtel nach der anderen aus. Vier Paar Designerschuhe standen nun zwischen ihm und seiner Frau.

Der Zöllner schwieg.

Bruno schwieg auch.

»Das ist nicht nichts!«, bemerkte der Zöllner.

»Das sind Schuhe«, bestätigte Bruno.

»Die müssen Sie verzollen«, erklärte der Zöllner. »Das heißt, Sie hätten sie als Ware angeben müssen.«

»Schuhe?«, fragte Luisa erstaunt. »Ich dachte Gold. Und Kaffee. Und Schokolade.« Sie verstummte. »Aber Schuhe?« Sie betrachtete ihre Schätze mit einem wehmütigen Blick. Würde der Zöllner sie beschlagnahmen?

»Zwei«, sagte der Zöllner und schaute sie an. »Zwei Paar Schuhe sind erlaubt. Für Sie. Aber vier Paar?« Er richtete seinen Blick auf Bruno. »Das gibt eine Buße.«

Bruno begann, seine derben braunen Schuhe aufzuschnüren, zog sie mit etwas Anstrengung aus und stellte sie ordentlich nebeneinander ab. Dann strich er seine weißen Socken sorgfältig glatt, fischte das rote Paar aus den Einkäufen heraus, stellte es vor sich hin und schlüpfte zunächst in den einen, dann in den anderen Schuh. Mit etwas Mühe stand er auf, schwankte leicht, blieb aber breitbeinig stehen. Das graue Stoßband seiner Hose zitterte respektvoll über dem sündigen Lackleder.

»Das gibt keine Buße«, sagte er und deutete auf das schwarze Paar. »Das sind auch meine!«

Der Zöllner hatte die Augendeckel ganz aufgeklappt. »Sie wollen mir doch nicht sagen ...«

»Geht es Sie etwas an, wie ich zu Hause herumlaufe?« Bruno stand noch immer wie angewachsen. Der dünne Absatz bohrte sich in den grauen Kunststoffboden.

»Wir lieben eben Schuhe«, sagte Luisa. »Das ist unser Hobby!«

»Ja, dann ...«, sagte der Zöllner ratlos.

Bruno nickte, packte seine Schuhe und die drei anderen Paare in die Tüte und stöckelte neben Luisa hinaus.

Endlich einmal, dachte er plötzlich, endlich einmal, ein einziges Mal in meinem Leben bin ich größer als sie.

DUNKLE AUGEN IM RÜCKSPIEGEL

In Tegel anzukommen, wenn man von einem Chauffeur abgeholt wird, ist schon ein ganz anderes Gefühl, als den Anfang der Taxischlange suchen zu müssen. Der kleine Luxus lässt einen bereits bei der Gepäckausgabe relaxen, und man schaut sich die Mitreisenden genauer an. Was die wohl alle in Berlin wollen? Ob eine Berühmtheit unter ihnen ist?

Nein, die richtig Berühmten kommen wahrscheinlich mit dem eigenen Jet.

Trotzdem. Vielleicht ein Schauspieler? Oder ein Sportler? Und zu wem gehört der Louis-Vuitton-Koffer? So ein teures Stück gibt man doch nicht auf, das ist viel zu schade, um von anderen Billigkoffern ramponiert zu werden.

Susan war nicht wirklich privilegiert. Eigentlich wurde sie nur ihrem Chef hinterhergeschickt, weil der versehentlich den falschen Laptop eingepackt hatte – und das vor einer wichtigen Kundenpräsentation. Und wahrscheinlich war es noch nicht einmal seine Schuld, sondern die seines Assistenten, der die beiden schwarzen Ledertaschen nebeneinandergestellt hatte.

So kam Susan zu einem Flug von Stuttgart nach Berlin und auch gleich noch zu einem Chauffeur.

Sie hatte sich zu diesem besonderen Anlass ein Kostüm angezogen, Jeans erschienen ihr underdressed, und jetzt fand sie sich nicht nur wichtig, sondern zugleich auch todschick.

Vielleicht wurde sie von einem zufällig mitreisenden Filmproduzenten für die nächste große Hauptrolle entdeckt, so was hört man ja immer wieder.

Es soll schließlich jede Menge Filmproduzenten in Berlin geben.

Sie strich ihr schulterlanges Blondhaar zurück und prüfte kurz ihr Erscheinungsbild in der spiegelnden Fensterscheibe. Draußen ging ein feuchtkalter Tag in eine nasse Nacht über. Das machte ihr nichts. Sie hatte einen dicken Mantel dabei. Berlin im März sei kalt, war sie gewarnt worden. Der eisige Wind fegt durch die Straßen wie sonst nur in New York.

So stellte sie es sich vor, denn sie war mit ihren fünfundzwanzig Jahren noch nicht in New York gewesen, aber sie hatte es sich für die Zukunft fest vorgenommen. Sie wollte es schon während ihres Studiums, hatte es aber aus finanziellen Gründen nicht geschafft. Jetzt absolvierte sie ein Praktikum, und wenn sie Glück hatte und in die Firma einsteigen durfte, würde sie ihr erstes selbst verdientes Geld direkt nach New York tragen. Das hatte sie sich geschworen.

Mit dem Laptop in der einen Hand und einem kleinen Koffer in der anderen ging sie Richtung Ausgang. Es war neunzehn Uhr, um zwanzig Uhr wollte Doktor Justus mit seinem Vortrag beginnen, das war leicht zu schaffen, hatte er ihr ausrichten lassen.

Draußen blieb sie kurz verwirrt stehen. Es warteten eine Menge Leute mit Täfelchen in der Hand. Ganz offensichtlich war sie nicht die Einzige, die so nobel abgeholt wurde. Sie begann die Namen zu studieren, als ein gut aussehender junger Mann im dunklen Anzug auf sie zusteuerte und sie anredete.

»Kaufmann?«

Ja, das war sie. Sie nickte erfreut, und er nahm ihr den Koffer ab. Den Laptop gab sie nicht aus der Hand, obwohl das ja unsinnig war, aber sie fühlte sich verantwortlich.

»Der Wagen steht draußen«, sagte er mit Berliner Akzent, und sie fand die Bemerkung überflüssig, denn wo sollte er wohl sonst stehen, wenn nicht draußen, aber sie sagte nichts dazu, sicherlich wollte er einfach nur freundlich sein.

Es war ein schwarzer Phaeton.

Nicht schlecht, dachte sie, als er ihr die hintere Tür der großen Limousine aufhielt. Feines hellbraunes Leder, viel Beinfreiheit und getönte Scheiben. Sie war wichtig, das tat gut.

»Sie wissen, wohin?«, fragte Susan, was genauso unsinnig war wie seine Bemerkung, aber auch sie wollte die Stille irgendwie füllen.

»Sie werden jedenfalls schon sehnlichst erwartet!«

Das konnte sie sich vorstellen. Doktor Justus schaute bestimmt ständig auf seine Armbanduhr: Er war sowieso ein Hektiker, sicherlich hat ihn fast der Schlag getroffen, als er seinen Irrtum bemerkte.

»Wir sind ja jetzt unterwegs«, sagte sie nach vorn.

Er nickte, und sie sah seine Augen im Rückspiegel. Dunkle, interessante Augen. Er war kaum älter als sie selbst. Wie kam so einer dazu, Chauffeur zu werden? Oder jobbte er nur?

Sie hätte gern gefragt, traute sich aber nicht. So eine Frage könnte aufdringlich wirken.

In den Regen mischte sich Graupel, der sich auf der Windschutzscheibe festsetzte, bis ihn das schwere Wischblatt wegfegte und das Spiel von Neuem begann. Nach einer Weile fühlte sich Susan wie in Hypnose, es konnte einem direkt schwindelig werden.

»Scheußlich«, sagte sie und dachte an ihre Pumps. »In Stuttgart schien heute Mittag die Sonne!«

»Ja, das Tief hat uns schon seit Tagen im Griff«, antwortete er. Und mit einem Blick in den Rückspiegel, der ihr galt: »Es heißt Carmen. Eigentlich ein viel zu hübscher Name für so ein schlechtes Wetter.«

Sie nickte.

Ihre Schwester hieß Carmen. Die hatte zur Zeit auch ein Tief. Das Abi hatte sie mit Ach und Krach geschafft, und nun wusste sie nicht, was sie werden wollte, und vertrödelte die Tage mit schlechter Laune.

Susan starrte aus dem Fenster auf die anderen Autos, dann bemerkte sie, wie sich die Umgebung veränderte. Die großen Zufahrtsstraßen hatten sie hinter sich gelassen, jetzt fuhren sie in die Stadt hinein.

»Wo geht man denn in Berlin hin, wenn man allein hier ist?«, wollte sie dann wissen. Gleich darauf hätte sie sich am liebsten die Zunge abgebissen, nicht dass er sich genötigt fühlte … auf der anderen Seite, sie konnte sich auch einen schlechteren Begleiter vorstellen. Aber sicher war er schon verbandelt. So einer lief nicht solo herum. Ganz bestimmt nicht in Berlin.

»Ach, Sie werden bestimmt keinen Mangel an Begleitung haben.« Er lächelte in den Spiegel.

Ach du Schreck, dachte Susan. Musste sie bei diesem Vortrag etwa dabei sein und Interesse heucheln? Jetzt, wo sie einmal in Berlin sein konnte? Ihren Rückflug hatte die Sekretärin der Geschäftsleitung für den nächsten Morgen um sechs Uhr dreißig gebucht, damit sie rechtzeitig in der Firma sein konnte. Und deshalb hatte Susan vorgehabt, die kostbaren Stunden zu nutzen. Sie hatte Doktor Justus den Laptop in die Hand drücken, sich umziehen und dann ohne weitere Verzögerungen losziehen wollen. Wenn es sein musste, die ganze Nacht. Auf einen Altherrenabend hatte sie keine Lust.

»Machen Sie das schon lange?«, wollte sie jetzt doch wissen.

»Ich verdiene mir mein Studium damit«, sagte er und zuckte die Achseln in seinem gut geschnittenen Anzug. »Es ist angenehm. Immer spannend. Besonders bei den Filmfestspielen …«

Ja, dagegen war sie natürlich nichts, aber so ganz unspannend fand sie sich jetzt auch nicht. Ohne sie war der ganze Doktor Justus nichts.

Sie schaute auf die Uhr. Neunzehn Uhr fünfundzwanzig.

»Ist es noch weit?«, wollte sie wissen.

»Nein, wir sind gleich da.« Er warf ihr erneut einen

Blick zu. »Ich fahre ganz dicht an den Eingang, dann werden Sie nicht nass.«

Susan nickte.

»Und anschließend ins Hotel?«

Er zögerte. »Wollen Sie das?«, fragte er dann, und jetzt drehte er sich zu ihr um und blickte nicht mehr nur in den Spiegel.

Susan räusperte sich. Eigentlich wollte sie ihm sagen, dass er auf die Fahrbahn achten soll, aber irgendwie passte das jetzt nicht. »Wieso?«, wollte sie wissen, »geht das nicht?«

»Ist nicht üblich«, sagte er, und sie fragte sich, ob er etwas falsch verstanden hatte. Aber vielleicht war der Veranstaltungsraum ja im Hotel, und die Frage erübrigte sich.

Es war tatsächlich ein großes, erleuchtetes Gebäude, auf das er jetzt zusteuerte. Kaum hielt der Wagen, wurde schon ihre Tür aufgerissen, und ein Herr im dunklen Anzug reichte ihr die Hand zum Aussteigen. »Wie schön, dass das so wunderbar geklappt hat«, sagte er und stellte sich als Reiner Leitermann vor. Susan nickte und stieg aus.

Sie hatte kaum Zeit, sich von dem netten Chauffeur zu verabschieden, da waren schon weitere Herren um sie herum, die ihr die Hand reichten und sich nach ihrem Flug erkundigten. Gleichzeitig mahnten sie zur Eile.

»Wollen Sie sich noch erfrischen?«, fragte einer.

»Gern anschließend«, sagte sie und ging im Laufschritt mit.

Vor einer Tür, die offensichtlich zu einem Podium führte, standen noch mehr Menschen, die ihr alle entgegenblickten.

»Bitte, gehen Sie hinein, es ist alles gerichtet«, sagte Herr Leitermann und wies ihr den Weg durch die Menschenmenge.

Sie trat durch die Tür hindurch und stand vor einem riesigen Hörsaal, in den von allen Seiten Menschen hineindrängten, die meisten festlich gekleidet.

»Möchten Sie mir Ihren Mantel geben?«, wollte Herr Leitermann wissen.

Automatisch zog sie ihren Mantel aus und schaute auf das Podium mit dem Rednerpult. Wo wollte Doktor Justus den Laptop an den Beamer anschließen? Und wo war die Leinwand?

»Wir sind sehr stolz, dass Sie hier sind«, erklärte Herr Leitermann. »Wir haben den vordersten Platz für Sie reserviert, bis Sie aufgerufen werden.«

»Aufgerufen?« Susan schaute ihn an. »Warum können wir das nicht gleich machen?«

»Gleich?« Er erschien zunächst ratlos. »Nein, zunächst muss schon noch die Laudatio gehalten werden, danach wird Ihnen der Preis überreicht!«

»Mir? Nein!« Susan wehrte ab. »Ich muss nur Doktor Justus den Laptop überbringen. Wo ist er denn?«

»Doktor Justus?« Herr Leitermann furchte die Stirn, und seine über die Schläfen nach hinten gekämmten wenigen Haare schienen an Halt zu verlieren.

»Ich muss Ihnen gestehen, dass ich keinen Herrn Doktor Justus kenne. Kommt er von der Universität Konstanz?«

»Konstanz?« Jetzt schaute auch Susan verwirrt. »Sind Sie nicht … sind Sie … ach Gott!«, sagte sie. »Ist das hier gar nicht die Präsentation… Unternehmensbe…« Sie wurde immer langsamer, während sie sich umschaute.

»Aber Sie sind doch Regine Kaufmann«, half Herr Leitermann.

»Nein, ich heiße Susan Kaufmann und soll Herrn Doktor Justus seinen Laptop bringen. Dafür bin ich extra aus Stuttgart angereist!«

»Sie sind nicht hier, weil wir Sie mit dem Doktor-Hans-Messner-Forschungspreis ehren wollen?«

»Mit was? Nein, mich ehrt niemand!«

Sie schauten sich sekundenlang schreckensbleich an, dann kam Leben in die beiden.

»Eine Verwechslung«, erklärte Herr Leitermann. »Auch blond – und von den Fotos …« Er stutzte. »Aber Sie kamen mir gleich so unglaublich jung vor für so eine Leistung!«

Susan riss ihm bereits ihren Mantel vom Arm. »Ich muss den Laptop abliefern, sonst platzt unsere Veranstaltung, und ich bin schuld! Ist der Chauffeur noch da?«

Sie bahnten sich den Weg zurück zum Eingang, während Herr Leitermann eilig eine Nummer in sein Handy tippte.

Kurz darauf saß Susan wieder im Phaeton und suchte die Veranstaltungsadresse ihres Chefs in ihrer Handtasche.

»Aha, keine Preisverleihung?«, wollte der Chauffeur wissen.

»Ich bin die Falsche!«, erklärte Susan aufgeregt und schaute auf die Uhr. Noch zehn Minuten. Sie reichte ihm den Brief mit der Adresse nach vorn.

»Aber Sie heißen doch Kaufmann?«

»Ja, aber nicht Regine, sondern Susan!«

»Dann steht die Regine wohl noch am Flughafen«, sagte er und startete den Motor.

»Nein, ich nehme an, sie steht bei Doktor Justus und wartet auf ihren Wissenschaftspreis!«

Sie lachten beide.

»Okay«, sagte er. »Festhalten. Wir schaffen das.« Er fädelte sich in den Verkehr ein. »Aber wenn wir es schaffen, hab ich einen Wunsch frei!«

»Wieso? Sie sind doch für die Verwechslung verantwortlich!«

»Es war keine Verwechslung. Sie haben mir einfach besser gefallen …«

Sie sagte nichts. Das war gelogen, aber süß.

»Was für ein Wunsch?«

»Die Nacht mit Ihnen in Berlin!«

»Und Ihr Job?«

»Endet in zehn Minuten!«

Susan rutschte auf ihrer Rückbank vor, um zwischen den beiden Vordersitzen besser auf die beleuchtete Autouhr sehen zu können.

»Nur, wenn wir es schaffen!«, erklärte sie bestimmt und ließ sich langsam in ihren Sitz zurücksinken.

Und während er Gas gab und auf die Überholspur hinüberzog, grinste sie in die Dunkelheit hinaus.

Eigentlich hatte sie es ja schon geschafft. Die Nacht gehörte ihr.

CHAMPAGNER FÜR DIE JUNGFERNFAHRT

Es war einer dieser strahlenden Sommertage am Bodensee, die sich schon ein bisschen dem Herbst zuneigen und trotzdem noch wärmende Kraft haben. Auf der Insel Reichenau fand das jährliche Weinfest statt, und die Menschen strömten mit Autos über den Damm und mit Booten über den See.

Sabina hatte sich auch schon seit Tagen auf dieses Ereignis gefreut. Reiner hatte sie eingeladen, das machte die Sache ganz besonders, denn sie kannte ihn noch nicht lange – und er hatte sich vor Kurzem ein Motorboot gekauft, das er ihr vorführen wollte. »Gebraucht«, hatte er gesagt, »und ein Schnäppchen über einen Arbeitskollegen. Ich bin wirklich gespannt!«

Sie hatte schon immer von einem Boot am Bodensee geträumt, aber als Industriekauffrau in einem mittleren Unternehmen konnte sie sich gerade einen Jahresurlaub und ein kleines Hobby leisten. Ein Boot kam da nicht infrage, und da war es umso schöner, dass ihre neue Liebe eines hatte. Sie wollte sich mitfreuen. Und noch eines wurde ihr bei dieser Gelegenheit klar: Sein gesamter Freundeskreis wollte gemeinsam zum Fest gehen, er aber hatte abgelehnt. Reiner wollte mit ihr allein sein, also war es ihm ernst.

Sabina bereitete sich vor. Sie kaufte eine leichte Seglerjacke, die dürfte auch für ein Motorboot geeignet sein, Bootsschuhe für den Preis einer neuen Tasche und einen gewagten Bikini, denn sie wollte gewappnet sein. Schließlich verlangte ein schnittiges Motorboot auch ein entsprechendes Outfit.

Sie kamen um sechzehn Uhr in Allensbach an. Sabina war nun wirklich aufgeregt. Reiner, das Boot, das Fest, der Umstand, dass sie zusammen hier waren. Reiner parkte in der Nähe der Kirche und lud eine unglaubliche Menge an Utensilien aus.

»Was alles in so einem Audi Platz hat«, versuchte Sabina zu scherzen, aber eigentlich staunte sie nur. Vor allem fragte sie sich, was er mit den vielen Politur- und Reinigungsmitteln wollte. Das Boot war doch in gutem Zustand, hatte er gesagt. Aber es konnte ihr auch egal sein, sie würden mit seinem eigenen Boot zum Weinfest fahren, dort anlegen, feiern und schließlich darauf – und zwar gemeinsam, das war das Wesentliche – übernachten. Gab es schönere Aussichten für einen Samstagabend?

Der leichte Wind trug Musikfetzen über den See, das Fest war also schon in vollem Gange.

Sie freute sich.

Reiner verstaute alles in einer großen Tasche, schulterte sie und reichte ihr die Hand. »Das Boot liegt dort hinten an einer Boje.« Er strahlte über das ganze Gesicht. »Die Boje habe ich zusammen mit dem Boot übernommen, war gar nicht so einfach. Sie motoren hier zwar viel mit ihren Viertakter-Segelbooten herum, aber Motorboote mögen sie nicht. Sind ja manchmal auch recht rücksichtslos, die Gesellen, muss man zugeben.« Er drückte ihre Hand.

Sie gingen durch einen kleinen Park und steuerten auf einen Kiesstrand zu, auf dem viele kleine, meist angekettete Boote lagen. Reiner wies auf ein Schlauchboot. »So, das habe ich mir übergangsmäßig gekauft.«

Sabina nickte. Es war feuerrot und nicht groß, aber den Zweck als Transportmittel würde es erfüllen.

Sie luden die Tasche ein, womit es eigentlich schon voll war, und Reiner schob es über den Kies ins Wasser.

Sabina watete barfüßig hinterher, stieg über den roten Gummiwulst ins Boot und drückte sich neben der Tasche auf den wackeligen Boden, denn die Ruderbank war Reiner vorbehalten. Er musste sie schließlich ans Ziel bringen.

Reiner trug weiße Shorts zu einem blau-weiß gestreiften Poloshirt und sah sehr seemännisch aus. Sabina beobachtete ihn, aber es gab nichts auszusetzen, er war schnell im Boot, griff nach den Rudern und stieß sie vom Ufer ab. Sie hasste tollpatschige und zögerliche Männer, das war er jedenfalls schon mal nicht. Er ruderte zielstrebig los.

»Welches ist es denn?«, fragte Sabina, die den freien Blick zu den an den vielen Bojen festgemachten Schiffen hatte.

»Überraschung«, antwortete er nur, und nach einem kurzen Blick über die Schulter zur Orientierung fügte er hinzu: »Das Schönste.«

Sie sah vor allem Segelschiffe, große und kleine, und erst weiter draußen konnte sie ein paar Motorboote entdecken. Da würde er noch eine Weile rudern müssen. Macht nichts. Sie entspannte sich und beobachtete seinen regelmäßigen Ruderschlag.

Schlecht in Form war er nicht. Das war auch schon ein Pluspunkt auf der langen Männercheckliste. Seine Haare hätte sie sich voller gewünscht, aber die ovale Gesichtsform mit den braunen Augen, der geraden Nase und dem vollen Mund gefiel ihr. Sein Kinn hätte vielleicht etwas ausgeprägter sein können, aber es war noch okay. Jedenfalls nicht fliehend, das konnte sie überhaupt nicht ab.

Sabina war gespannt. Bisher hatten sie sich nur sporadisch gesehen, zweimal miteinander geschlafen, was kein aufpeitschendes Erlebnis gewesen war, aber auch nicht desaströs; ausbaufähig, hatte sie danach gedacht. Vielleicht konnte sie ihn ja auf dem Boot zu mehr animieren als zu einem fieberhaften Vorspiel und dem anschließenden Versuch, einen einfachen GV auf eine Stunde auszudehnen. Das war schlicht ermüdend. Beim zweiten Mal hatte sie darüber nachgedacht, ob er vielleicht ein Problem hatte. Das würde sie jetzt herausfinden. Auf einem Boot, nach einem Weinfest, in romantischer Umgebung, mit allerlei Spielmöglichkeiten und möglicherweise unter freiem Himmel – da legte vielleicht auch er seine Hemmungen ab. Er war schließlich zweiunddreißig und kein Kind mehr.

Sabina war voller Zuversicht, beobachtete das Spiel seines Bizeps beim Rudern und studierte seine Wadenform. Nicht zu sehnig, aber auch nicht zu bayerisch-dick. Ein schönes Mittelmaß, wenig behaart und gleichmäßig gebräunt. An Peter gab es bisher nicht viel auszusetzen. Er war sieben Jahre älter als sie. Gut, so alt war bisher noch keiner ihrer Partner gewesen, aber bisher hatte sich auch keiner ein Schiff leisten können. Sie waren entweder Studenten oder Berufsanfänger gewesen. So gesehen hatte auch das einen Vorteil.

»So«, sagte er plötzlich stolz und schreckte sie aus ihren Gedanken auf.

Tatsächlich, vor ihnen dümpelte eine Motorjacht mit einem kleinen Aufbau. Nicht besonders schnittig und auch nicht besonders elegant, aber für Wochenendaufenthalte sicherlich sehr praktisch.

»Ich werde sie natürlich noch umbenennen«, sagte er. Tatsächlich. *Lisa* würde sie nicht mehr heißen können. Sie hieß schließlich Sabina. Er ruderte um die Kette herum, mit der sie an der Boje festgemacht war. »Schau«, sagte er mit dem Besitzerstolz eines kleinen Jungen. Da stand *Mona*.

Aha, sehr sinnig. Das Boot heiß also *Mona Lisa*. Sie würden *Mia Sabina* draus machen. Sollte er sein Wortspiel haben.

»Schön!«, sagte sie und nickte. »Wirklich ein schönes Schiff, gratuliere!«

Er strahlte, aber dann verdüsterte sich sein Blick. »Schau dir das an«, sagte er. »Eigentlich müsste die Außenwand poliert sein!«

Sabina schaute genauer hin. Schmale dunkle Streifen lagen wie ein feiner Schleier über der weißen Außenhaut.

Reiner fuhr mit dem Zeigefinger hinüber, tatsächlich, seine Fingerkuppe war schwarz.

»Sauerei, das«, sagte er und machte sich sofort an der Tasche neben Sabina zu schaffen. »Das haben wir gleich!«

Er zog mehrere Mittel heraus, und auf Sabinas Blick erwiderte er nur: »Biologisch abbaubar. Steht jedenfalls drauf. Aber sei ehrlich, ich kann bei unserer Jungfernfahrt doch nicht mit einem schwarz geränderten Boot losfahren!«

Das sah Sabina ein, und außerdem war es immer ganz gut, wenn man für die Nöte des Mannes Verständnis zeigte. Ihre Mutter hatte es auf diese Weise zu vierzig Jahren Ehe gebracht. Und ihr Vater war ein neurotischer Hypochonder, der einem wirklich den letzten Nerv rauben konnte. Genau genommen war er in den letzten vierzig Jahren sicherlich schon hundertmal an tödlichen Krankheiten gestorben. Ihre Mutter hatte ihn immer wieder geduldig aufgepäppelt, auch wenn es nur ein Schnupfen gewesen war.

Sabina nickte ergeben. »Was kann ich tun?«

»In der Tasche ist ein kleiner Eimer mit einem Schwamm, außerdem ein altes Geschirrtuch. Gemeinsam haben wir das schnell!«

Die Frage, warum der Motor überhaupt rußte, verkniff sich Sabina. Sie wollte Reiners Freude nicht trüben. Aber irgendwie hatte sie das Gefühl, dass das Boot nach dem ersten Anlassen des Motors genauso aussehen würde wie vorher.

Reiner las die Gebrauchsanweisungen seiner Mittelchen gründlich durch.

Inzwischen hatte sich auch die letzte Wolke verzogen, und die Sonne brannte so ordentlich, dass Sabina Hose und Top auszog, ihren Bikini, den sie darunter trug, zurechtzupfte und zur Sonnencreme griff. »Solltest du vielleicht auch«, sagte sie zu Reiner, der jedoch nichts hörte, weil er sich auf jedes Wort in der Gebrauchsanleitung konzentrierte.

»Wenn man das nämlich falsch aufträgt«, sagte er zur Erklärung nebenbei, »ist der Schaden größer als der Nutzen. Und keine Versicherung übernimmt das dann ...«

Sabina nickte und ärgerte sich, dass sie keine Modezeitschrift mitgenommen hatte, dann hätte sie jetzt auch etwas zu lesen. Oder einen *Playboy*? Das hätte ihn vielleicht mobilisiert.

Endlich hatte er sich für eine Flasche entschieden.

»Also, ich schüttle jetzt die Flasche, damit sich der Inhalt gut vermischt, trage dann die Flüssigkeit sparsam auf den Schwamm auf, reibe damit die Bootswand ein, spüle alles mit einem Schwall Wasser ab, und du reibst mit dem Tuch nach. So dürfte es funktionieren.«

Sabina, froh über den männlichen Plan und die präzise Anweisung, nickte ergeben.

»Na, dann los!«, sagte sie betont forsch.

Es war fünf Uhr vorbei, da hatten sie gerade erst mal eine Seite geschafft.

»Sollen wir *Mona* vielleicht morgen in Angriff nehmen?«, fragte Sabina, die schlicht keine Lust mehr hatte.

Reiner schüttelte vehement den Kopf. »Nein, jetzt sind wir doch gerade gut drin!«

»Aber mein Tuch ist schon ganz nass.« Sie hob das schmutzige Geschirrtuch zur Demonstration an zwei Ecken hoch.

»Ich habe noch eins in der Tasche«, antwortete Reiner triumphierend. »Ein schlauer Mann baut eben vor«, und er warf ihr einen schelmischen Blick zu.

»Oh, ja, toll!« So ganz euphorisch kam ihr das nicht mehr über die Lippen.

Nach weiteren dreißig Minuten aber war es dann vollbracht. Stolz blickte Reiner auf sein Werk, der Rumpf strahlte in makellosem Weiß.

Sabina spürte schmerzhaft ihr Handgelenk, das die ständig kreisende Bewegung nicht gewohnt war, und wünschte sich jetzt nur eines: rein ins Wasser zur Abkühlung und dann rauf aufs Boot zum Umziehen. Und danach ab aufs Fest zum Feiern.

»So«, sagte Reiner. »Geschafft!« Er ruderte das Schlauchboot mit wenigen Schlägen zur hochgeklappten hölzernen Bootstreppe am Heck des Boots, klappte sie hinunter und stieg ein paar Schritte hinauf. Sabina hatte sich schon aufgerichtet, um ihm zu folgen.

»Oje!«, sagte er und drehte sich nach ihr um.

»Was ist denn?«, fragte Sabine ahnungsvoll.

»Das geht ja gar nicht!«

»Was denn?«

»Die Persenning ist voller Vogelkacke. Da müssen Schwärme von Möwen übernachtet haben!«

Sabina schwieg.

»Da können wir unmöglich …« Er drehte sich nach ihr um. »Gib mir doch bitte mal den Eimer hoch und die kleine Bootsbürste, die in der Tasche liegt. Und den Strick, damit ich den Eimer festbinden kann!«

Sabina gehorchte.

Von unten sah sie, wie er das wasserfeste große Schiffsverdeck aufknöpfte, die Holzstufen bis oben hinaufstieg und schließlich ihren Blicken entschwand.

»Kann ich dir helfen?«, rief sie ihm hinterher. »Zu zweit geht das doch bestimmt besser!«

»Nein, danke. Aber ich möchte, dass es perfekt ist, wenn du es das erste Mal siehst.«

Das ist ja eigentlich keine schlechte Eigenschaft, dachte Sabina.

»Aber rudere ein bisschen außer Reichweite«, setzte Reiner nach, »sonst kriegst du noch was ab!«

Das war das Letzte, was sie wollte. Sie ruderte auf Abstand.

Nach einer Weile hörte sie die Turmuhr der Kirche schlagen. War es Viertel nach? Oder schon halb sechs? Sie drehte sich nach dem Kirchturm mit dem hübschen Zwiebeldach um, aber Bäume versperrten ihr die Sicht.

Vielleicht war es auch besser so. Das rhythmische Reiben und Kratzen an Deck und der darauf folgende Wasserschwall zeigten ihr, dass Reiner noch immer unverdrossen an der Arbeit war.

Sie rechnete. Gut, selbst wenn sie erst um sieben aufs Fest kommen würden, wäre es noch immer früh genug. Dafür hatten sie dann ein piekfeines Schiff, und es war doch immerhin besser, einen reinlichen Freund zu haben, als einen, der sich in Möwenkot wohlfühlte.

Schließlich tauchte Reiner wieder auf.

»So«, sagte er, »jetzt müssen wir die Persenning trocknen lassen, damit ich sie dann zusammenlegen kann. Sonst geht die Schmiererei wieder von vorne los!« Er stieg zu ihr ins Schlauchboot, und Sabina machte ihm die Ruderbank frei.

Sie setzte sich auf den Boden neben die Tasche und

streckte sich ausgiebig, was das Schlauchboot etwas ins Wanken brachte. »Ich glaube, langsam tut mir der Rücken weh!«

»Wahrscheinlich bekommst du einen Sonnenbrand!« Er schaute sie kritisch an.

»Glaub ich nicht«, sagte sie. »Ich hatte den ganzen Sommer lang keinen.«

»Hättest dich eincremen müssen!«

»Hab ich doch!«, sagte sie mit hochgezogener Augenbraue.

Hörte er ihr nicht zu? Und hatte sie sich nicht vor seinen Augen eingecremt? Wo hatte der Mann seine Gedanken?

Aber vielleicht fand er es erotisch, wenn sie an sich herumcremte? Schließlich hatte er jetzt keine Gebrauchsanleitungen mehr, die ihn ablenkten.

Sie begann sich die Beine einzucremen und hielt ihm dann die Flasche für ihren Rücken hin.

»Kannst du vielleicht hinten?« Sabina drehte sich in der Hüfte, damit er an ihren Rücken herankommen konnte.

»Hmm«, er zögerte.

Sie drehte sich wieder um. »Ist was?«

»Ja, nun, das Öl. Ich weiß nicht, wie das Gummi auf Öl oder eben diese fetthaltige Creme reagiert. Vielleicht ist das ja aggressiv. Hast du die Inhaltsstoffe nachgelesen? Weißt du, wie das Zeug zusammengesetzt ist?«

Sabina betrachtete ihn ungläubig. »Also, wenn das aggressiv wäre, würde es ja auch meiner Haut schaden. Es kann doch gar nicht aggressiv sein!«

»Vielleicht reagiert deine Haut anders als Gummi. Ist schließlich nicht das Gleiche.«

»Das ist aber nicht dein Ernst!« Sie schaute ihn schräg an. »Du willst mich foppen, oder?«

Er zuckte mit den Achseln.

Von der Insel Reichenau klang Musik herüber. Eine Blaskappelle spielte, und man konnte die kleine Fähre sehen, die zwischen den beiden Anlegestellen Allensbach und Insel Reichenau hin und her pendelte.

»Meinst du, deine Persenning ist jetzt trocken?«, fragte Sabina, nachdem sie beide eine Weile der Fähre zugeschaut hatten. »Ich habe Durst!«

Er griff in die Tasche und holte eine Flasche Mineralwasser hervor.

»Ist jetzt möglicherweise etwas warm geworden, aber besser als nichts!«

Sabina öffnete den Drehverschluss, und sofort schoss explosionsartig ein Schwall Wasser heraus und perlte über sie.

Sabina lachte, Reiner schüttelte den Kopf.

»Das war klar«, sagte er.

»Macht doch nichts«, lachte Sabina. »Ist schließlich nur Mineralwasser und kein Champagner. Den trinken wir erst nachher!«

Er nickte. »Genau«, sagte er. »Zur Jungfernfahrt!«

»Hat die Kajüte einen Kühlschrank?«, wollte Sabina wissen.

Er nickte stolz. »Die Kajüte ist voll ausgestattet. Auch ein kleiner Herd und eine Sitzecke und ein supergemütliches Bett. Alles vom Feinsten!«

Sabina war mit der Welt versöhnt. Alles würde gut werden.

Als Reiner das schmale Holztreppchen wieder hinaufstieg, hatte sie jedes Zeitgefühl verloren. Und ihre Haut spannte nun wirklich. Vielleicht hatte sie doch zuviel Sonne abbekommen, auf dem Wasser wirkte sie ja bekanntermaßen intensiver als an Land.

»Ich lege nur die Persenning zusammen, dann schau ich noch nach, ob alles okay ist, und dann kannst du hochkommen.«

Sabina nickte. Das hörte sich gut an.

Kurze Zeit später war er wieder da.

»So ein Mist!«, sagte er.

»Was?« Irgendwie schwante ihr, dass es nun wieder eine Verzögerung geben könnte.

»Die Kajüte ist abgeschlossen!«

»Ja, und? Du bist der Eigner, du wirst doch einen Schlüssel haben?!?«

»Ich nehme ja das Schiff erst heute in Besitz, und ausgemacht war, dass der Voreigentümer das Boot richtet und den Schlüssel dann an eine bestimmte Stelle legt!«

»Ja?« Langsam richtete Sabina sich auf.

»Er ist nicht da!«

Sie spürte etwas wie eine düstere Wolke, die sich auf ihr Gemüt legte. »Macht nichts«, sagte sie betont fröhlich. »Schlafen wir halt auf den Liegeflächen draußen. Wird ja eine warme Nacht werden, schätze ich mal.« Sie zögerte. »Wird sicherlich romantisch«, fügte sie noch hinzu.

»Die Auflagen für die Liegeflächen und Sitze sind auch eingeschlossen.«

»Dann ruf diesen Menschen doch an und frag ihn, wo er den Schlüssel hingetan hat!«

Reiner stieg wieder zu ihr ins Schlauchboot. Er wühlte endlos, bis er sein Handy in der Tasche gefunden hatte. »Da kommt eine seltsame Ansage«, sagte er schließlich.

»Gib mal her«, sagte Sabina und versuchte die ersten Anzeichen einer wachsenden Ungeduld zu bekämpfen. Sie presste sich sein Handy ans Ohr. »Das ist türkisch«, sagte sie. »Somit scheint der Mensch jedenfalls nicht greifbar zu sein. Kannst ihm auf die Mailbox sprechen, falls er die überhaupt abhört.«

»Ich schicke ihm eine SMS!«

Sabina sah ihm zu, wie er sich Buchstaben für Buchstaben zusammensuchte. »Simsen ist nicht meine Welt«, erklärte er beiläufig. »Ich finde das albern!«

»Aber mir simst du doch auch«, wandte sie ein.

»Das ist auch was anderes«, sagte er, drückte eine Taste und fluchte. »Mist, jetzt ist sie plötzlich weg. Ich glaube, ich habe sie gelöscht!«

»Nützt sowieso nichts, wenn er in der Türkei sitzt«, erklärte Sabina lakonisch. »Jetzt müssen wir halt warten, bis er zurückkommt oder zurückruft. Deinen Anruf wird er ja wohl im Display sehen.«

»Keine Ahnung«, sagte Reiner niedergeschlagen. Fast tat er ihr schon wieder leid.

»Und ein Zweitschlüssel?«

Sein Kopf ruckte hoch, er strahlte sie an.

»Ja! Mensch, dass ich da nicht selbst draufgekommen bin!« Bevor er weiterredete, kletterte er die Leiter wieder hoch.

»Ich bin gleich wieder da!« Er klang direkt euphorisch.

Sabina blieb sitzen, hörte ihn rumoren, und schließlich kam er wieder zu ihr ins Boot gestiegen.

»Tolle Idee! Holen wir ihn gleich!«

»Ja, machen wir!« Sie nickte. »Bloß – was hast du denn jetzt dort oben gemacht?«

»Die Persenning wieder drauf, sonst sitzen die Viecher nachher überall!«

»Wegen der paar Minuten zum Auto? Oder wo hast du ihn?«

»Ja, zu Hause natürlich. Wir fahren einfach wieder heim!«

»Nach Stuttgart?«

Die Frage blieb unbeantwortet, denn Reiner ruderte bereits mit voller Kraft. Und während Sabina auf das rasch kleiner werdende Motorboot schaute und sie darüber nachdachte, dass sie noch immer mit keinem einzigen Fuß an Bord gewesen war, stach ihr ein anderes Boot ins Auge, dessen weißer Rumpf hell in der Sonne gleißte.

Sie kniff die Augen zusammen, um es gegen das spiegelnde Wasser besser sehen zu können.

»Gibt es hier noch eine *Mona Lisa*?«, fragte sie dann überrascht.

Reiner unterbrach seinen Ruderschlag. »Was meinst du?«

»Ja, da schau!« Sabina wies zu dem schnittigen Motorboot hin, das eine gewisse Ähnlichkeit mit dem anderen hatte, aber trotzdem viel neuer und eleganter wirkte.

»Und?«, fragte Reiner und runzelte die Stirn, während er angestrengt in die von ihr angegebene Richtung schaute.

»Da, die Jacht dort. Die heißt doch auch *Mona Lisa*!«

Die Ruderblätter verharrten eine Weile in der Luft, dann ließ Reiner sie langsam ins Wasser sinken.

»Das kam mir doch gleich so komisch vor …«, sagte er, schüttelte ungläubig den Kopf und fing dann haltlos an zu lachen.

ALTERSMAROTTEN

Der Gedanke bewegte Lilo schon seit ihrem fünfzigsten Geburtstag. Wenn sie ihre Mutter sah, die sich allein in ihrer Wohnung immer schwerer tat, aber trotzdem nicht ins Heim wollte und auch keine feste Pflegerin um sich herum ertragen konnte, dann dachte sie immer häufiger an ihr eigenes Altwerden. Mit sechzig erbte ihr Mann sein Elternhaus, und mit fünfundsechzig war Lilo Witwe. Sie hatte eigentlich nicht mehr umziehen wollen, schon gar nicht in diese riesige alte Villa, die viel Arbeit machte, aber ihm war es ein Herzenswunsch gewesen. Dort war er geboren, dort wollte er sterben.

Nur eben nicht so früh.

Die Kinder waren aus dem Haus, die Erbschaft ihres Mannes reichte für eine Zugehfrau, darüber hinaus aber musste sie rechnen. Dann und wann leistete sie sich einen Gärtner für den parkähnlichen Garten und den Teich, aber so richtig aus dem Vollen schöpfen konnte sie nicht.

Wenn sie mit ihren Kindern darüber sprechen wollte, sagten die nur: »Verkauf doch den Schuppen, was willst du damit.«

Aber das konnte sie nicht. Irgendetwas verbot es ihr, vielleicht war es wirklich der letzte Wunsch ihres Mannes oder das gute Gefühl, das dieses Haus ihr vermittelte. Es war ihr freundlich gesinnt, das spürte sie. Es gab Wohnungen, in denen fühlte man sich sofort unwohl – wie abgewiesen, obwohl es dafür eigentlich keinen Grund gab. Oder man fühlte sich unsicher, als hätte jemand anderes noch die Vorherrschaft und stünde drohend in der nächsten dunklen Ecke.

Hier aber konnte sie nachts durch dunkle Räume gehen und hatte nie das Gefühl einer Bedrohung. Die schlimmsten Krimis ließen sie kalt, kein Einbrecher würde hier jemals einsteigen können, dieses Haus hatte ein warmes Karma, es beschützte sie.

Sie wollte nicht ausziehen.

Trotzdem rückte ihr Alter näher.

Sie war jetzt siebzig. Gut, sie würde vielleicht noch zehn Jahre leben, vielleicht auch zwanzig. Es bestand kein Grund zur Eile. Aber sie konnte auch die Augen nicht vor der Wirklichkeit verschließen, dafür war sie zu klarsichtig. Manche Dinge mussten von langer Hand vorbereitet werden, sonst überrollten einen die Ereignisse.

Sie hatte an ihrem Mann leidvoll erfahren müssen, wie schnell es gehen konnte.

Es war Sommer gewesen, und sie hatte abends mit einem Glas Rotwein allein auf ihrer Terrasse gesessen. Das Nachbarehepaar war bei ihr gewesen, junge Leute, sie hatten über dieses und jenes gesprochen, und Lilo genoss diese Zuversicht, die die beiden ausströmten. Noch keine vierzig, beide in guten Berufen engagiert, und jetzt wurde das erste Kind geplant. Sie hatten noch vor sich, was Lilo bereits hinter sich hatte.

Das machte sie jetzt, so allein vor den leeren Gläsern und den abgegessenen Tellern, etwas melancholisch.

Das Leben lief so schnell – und immer schneller. War sie nicht gerade erst sechzig geworden? Seitdem waren zehn Jahre vergangen. Wo war die Zeit geblieben?

Was würde kommen? Wozu war sie auf der Welt?

Die Geburt war die Voraussetzung für den Tod, das war klar. Und der Tod gehörte zum Leben.

Bloß, das sagte sich so leicht. Wirklich sterben wollte keiner. Zumindest niemand, den sie kannte.

Während sie ihren Gedanken nachhing und auf die Mücken starrte, die wie hypnotisiert um die brennende Kerze kreisten, um dort ihr sicheres Ende zu finden, hatte sie plötzlich eine Idee. Schlagartig ergriff sie eine Aufregung, die sie schon lange nicht mehr gefühlt hatte. Vor lauter Ideen, die wie aus dem Nichts auf sie einprasselten, konnte sie kaum einen klaren Gedanken fassen. Sie trank die restliche Flasche aus, aber sie spürte den schweren Rotwein nicht. Ihr Geist war immun gegen Alkohol, er arbeitete.

Schließlich stand sie auf und holte ihr altes, in Leder gebundenes Adressbuch. Es war abgegriffen, und sicherlich stimmten viele Adressen nicht mehr, aber es war ein Anhaltspunkt.

Bezeichnend, dass sie genau gewusst hatte, wo es lag. Es sollte so ein, dachte sie. Es war der richtige Weg.

Lisbeth, Beatrice, Jasmin und Flora – das waren die Namen. Das waren ihre Kommilitoninnen von damals, sie hatten in Hamburg gemeinsam studiert, hatten sich 1968 mit anderen eine Wohnung geteilt. Sie waren politisch engagiert gewesen, hatten die Hauseingänge gegen Polizeieinsätze verbarrikadiert, sie hatten lauthals mitgestritten und sich alles geteilt. Das Essen, die Bücher und die Jungs auf ihren Matratzen. Sie waren politisch links gewesen und hatten für eine gerechtere Gesellschaft gekämpft. Vor allem gegen das Establishment. Die Einbauwand im elterlichen Wohnzimmer war ihnen ebenso ein Gräuel gewesen wie die behäbigen Sitzgruppen. Der bürgerliche Vorzeigewohlstand war für sie zum Kotzen. Sie hatten sich verweigert. Dem Geld, den Sprüchen, den Ermahnungen ihrer Eltern und dem Anspruch der Gesellschaft auf ordentlich studierende Studenten.

Sie wollten frei sein.

Einen Teil dieses Freiheitsgeistes hatte Lilo sich bewahrt. Natürlich besaß auch sie in der Zwischenzeit eine Sitzgruppe, und ein völlig spießiges Auto stand in der Garage, aber tief in sich drin spürte sie noch die alte Revoluzzerin.

Warum sollte sie dieses vertrocknete Pflänzlein nicht wieder zum Blühen bringen? Ein bisschen gießen? Und sollte die Revolution auch nur hier in ihrem Garten stattfinden, es war ein Weg, und der begeisterte sie.

Lis, Bea, Jasmin und Flora.

Sie suchte mit dem Zeigefinger. Da gab es noch Adressen.

Ob die noch stimmten? Und die Nachnamen?

Der letzte Kontakt lag Jahre zurück. Lilo nippte an ihrem Glas und starrte in den Garten, ohne wirklich etwas zu sehen. Waren es zehn, waren es zwanzig Jahre?

Mit leichtem Entsetzen stellte sie fest, dass es weit über zehn Jahre waren. Lis, die Älteste unter ihnen, hatte ihren Sechzigsten gefeiert. Sie hatten zunächst mit allen anderen Gästen gesittet auf der Terrasse gesessen, wie es sich für Sechzigjährige und eine angehende Sechzigjährige gehört, und dann aber spät nachts kichernd und giggelnd unter einem Baum im Gras gesessen, mit der letzten Flasche altem Bordeaux zwischen sich und den Erinnerungen. Lis war die Einzige, die ihren Partner von damals geheiratet hatte. Ein leicht verzotteltes Wesen namens Rubinstein, genannt Ruby, der später als Hans-Peter Rubinstein Bankdirektor wurde. Ob er noch lebte?

Kurz entschlossen holte sie sich Briefpapier und ihren geliebten alten Füller und schrieb vier Briefe. Jeden einzelnen mit dem gleichen Text:

»Lebst Du noch? Wie geht es Dir? Ich bin in der Zwischenzeit Witwe, lebe seit zehn Jahren in einem großen Haus und habe eine Idee. Melde Dich doch!«

Das musste reichen.

Hauptsache, der Brief kam überhaupt an.

Sie unterzeichnete schwungvoll und setzte ihre Telefonnummer dazu, ebenso wie ihre E-Mail-Adresse, weil sie davon ausging, dass an ihren toughen Schwestern von einst die Zeit auch nicht ganz spurlos vorübergegangen war.

Dann adressierte sie die Briefkuverts.

Und wartete gespannt.

Von Lis und Bea kamen die Antworten recht schnell per Post. Jasmin, das Küken, schrieb eine E-Mail, und Flora blieb verschollen. Lilo recherchierte über das Internet, googelte durch die Welt, und schließlich fand sie sie mehr durch Zufall: Eines Abends hatte sie wie durch eine plötzliche Eingebung Floras Mädchennamen eingetippt – und siehe da, da war sie. Also hatte sie sich auf ihre alten Tage scheiden lassen und war umgezogen. Kurz entschlossen rief sie an.

Flora war zunächst erstaunt, dann freute sie sich.

Ja, sie hatte die Schnauze voll von den Männern und vom Alleinsein.

Ja, es war die Sekretärin.

Ja, jünger als ihre eigenen gemeinsamen Kinder.

Ja, jetzt wohnten die beiden in ihrer Villa, und die Kleine war von der Gesellschaft und seinem Freundeskreis akzeptiert worden – schließlich war ihr Mann noch immer in der Politik und konnte etwas bewegen. Oder verhindern. Er war mächtig.

Nun war er jedenfalls ein Held.

Ja, sie würde kommen.

Lilo klemmte sich sofort ans Telefon und rief die drei anderen an.

Es sollte das letzte große Abenteuer, ein gemeinsames Abenteuer werden.

Die räumliche Entfernung war ein Problem, sie hatten sich in alle Winde zerstreut. Lilo saß mit ihrem Anwesen in Frankfurt recht zentral, und das empfanden alle als Reiz: sich strahlenförmig in die Mitte zu bewegen. Zum Zentrum zurück, wie einst, als man sich auch auf das Wesentliche besonnen hatte, auf den Kern aller Dinge. Nun hieß das: von Hamburg, Saarbrücken, München und Berlin nach Frankfurt.

Es war ein Langzeitprojekt, denn nachdem der Entschluss schriftlich gefasst worden war, galt es, die persönlichen Dinge zu regeln. Flora hatte es am leichtesten. Sie brannte darauf, der Münchner Schickeria um ihren Mann herum die kalte Schulter zu zeigen. Zurück in die Kommune, Alters-WG. Für Jasmin war es etwas schwieriger, sie hatte nach ihrem Studium einen Regierungsjob in Bonn angenommen und war 1999 mit dem Polittross nach Berlin umgezogen. Dort war sie etabliert und hatte jetzt, mit achtundsechzig, noch immer kleine Bereiche, die sie gern betreute. Aber schließlich fand sie, im Zeitalter der Telekommunikation müsse sich das auch übers Internet bewerkstelligen lassen. Privat war es für sie gar keine Frage – sie hatte nie geheiratet, und ein Lover, so dachte sie, würde sich auch in Frankfurt finden lassen. Bea war kinderlos und geschieden, auch sie hatte sich an das Singledasein gewöhnt; und Lis hatte Ruby beerdigt, nachdem er vier Jahre lang ein Pflegefall gewesen war.

Sie waren alle unabhängig. Auch finanziell.

Und alle hatten sie Angst vor der Zukunft in einem Altersheim.

Lilos Angebot kam zur rechten Zeit.

Sie schickte einen Grundriss, der noch aus Urzeiten bei den Hausdokumenten lag, an ihre ehemaligen Kommilitoninnen. Es war sofort zu erkennen, dass das Haus für ihr Vorhaben geeignet war. Eine große Halle, die man als Gemeinschaftsraum herrichten konnte, ein geräumiges Esszimmer, sechs einzelne große Zimmer über zwei Stockwerke verteilt. Zwei Badezimmer und eine Abstellkammer. Daraus ließe sich ein weiteres Badezimmer machen. Gut, die Küche war etwas klein, dafür mit einem amerikanischen Kühlschrank ausgestattet. Außerdem ein recht großer Keller für Wein, Koffer und Kisten voller Erinnerungen, die man zwar nicht mehr direkt um sich herum haben, aber auch nicht wegwerfen wollte. Sie hatte die Parole ausgegeben, dass sie sich wie in frühen Tagen von allem trennen wollten, was irgendwie überflüssig war. Und in vielen Telefonaten kamen sie zu dem Schluss, dass das meiste aus ihrem Leben weg konnte. Sie würden sich mit ihren Möbeln auf jeweils ein Zimmer beschränken und die Halle gemeinsam neu einrichten. Nur, was ihnen wirklich wichtig war, würden sie mitbringen.

Darauf einigten sie sich.

Ein Möbelstück, Kommode, Bett, egal was.

Sie freuten sich.

Und wenn sie den Haushalt nicht mehr allein bewerkstelligen könnten, würden sie sich gemeinsam eine fest angestellte Haushaltshilfe teilen, die bekäme dann das eine Zimmer mit der integrierten kleinen Nasszelle. Und einen Treppenlift könnte man im Notfall auch einbauen.

Sie lachten über diese Zukunftsperspektive und freuten sich aufeinander.

Samstag, 14. Mai. Sonntag war Muttertag. Das passte. Sie würden sich am Muttertag gemeinsam auf die Terrasse setzen und über ihre Mütter lästern, das hatten sie früher schon immer getan.

Dann war es so weit, fast ein Jahr später.

Sechzehn Uhr, das hatten sie ihren Speditionen gesagt.

Am 14. Mai um sechzehn Uhr sollte ihr neues Leben in Lilos Haus beginnen.

Es klappte.

Die Freundinnen fielen sich in die Arme, waren völlig beseelt voneinander und miteinander und ließen auf der Terrasse die Korken knallen, während die kräftigen Spediteure die Möbel auspackten.

»Gut, dass wir noch so flexibel sind«, erklärte Jasmin. »Andere in unserem Alter …«

»Na ja, Altersmarotten hat wahrscheinlich jede von uns …«, dämpfte Bea ihre Euphorie.

»Kann ich mir nicht vorstellen. Jedenfalls kann es nicht schlimmer werden als mit meinem Ex, der war schon ganz schön rechthaberisch und stur. Aber das darf ja jetzt eine andere ausbaden …«

Sie stießen an und prosteten dem Arbeiter zu, der hemdsärmelig um die Ecke bog.

»Darf ich die Damen mal stören, wir haben da ein Problem und wissen nicht, wohin damit!«

»Kann nicht so schlimm sein«, lachte Lilo. »Lasst mal sehen!«

Sie folgten dem Möbelpacker und bogen um die Hausecke.

Vier verschiedene Kühlschränke standen da in einer Reihe.

»Kühlschränke?«, fragte Lilo irritiert. »Aber wir haben doch einen großen Kühlschrank. Einen amerikanischen Kühlschrank sogar. Mit Icemaker!«

Jasmin lachte, Bea sagte: »Aber ein Kühlschrank ist etwas Intimes, jeder kauft anders ein, und dann … willst du ernsthaft aus einer einzigen Milchtüte trinken, wie damals?«

»In der Küche ist gar kein Platz für fünf Kühlschränke!«, warf Lilo ein.

»Dann zieh ich wieder aus!«

Die anderen schauten sich an und prusteten los.

»Ja, scharf, Bea, kommt, Mädels, lasst uns eine Milchtüte teilen!«, lachte Jasmin, »wer will schon Champagner?«

HEISSHUNGER

Es war mir recht schnell klar, dass ich mich verfahren hatte. Die Straße wurde immer schmaler und sah längst nicht mehr wie eine normale Landstraße aus, aber ich fand keine Möglichkeit zum Wenden. Die Sonne stand nach dem Gewitter sehr tief und grell, der Regen verdampfte auf dem Asphalt. Die Landschaft um mich herum wurde immer schöner, ländlicher, wie auf einem Gemälde – nur: Es war der falsche Weg. Ich brauchte eine Weile, bis ich mich entschied, tatsächlich zu wenden und die ganze Strecke zurückzufahren. Ich hatte immer auf eine Abzweigung in die richtige Richtung gehofft, aber es war keine gekommen.

Nun freundete ich mich mit dem Gedanken an, eine halbe Stunde verloren zu haben. Gut, ich war dreißig, und das Leben lag noch vor mir, was war da eine halbe Stunde.

In der Ferne sah ich ein kleines Dorf, und rechts vor mir kam plötzlich eine Autowerkstatt in Sicht, jedenfalls schien es von Weitem so.

Ich entschied mich, dort nach dem Weg zu fragen, vielleicht gab es doch eine schlauere Lösung, als zurückzufahren.

Der Hof war mit Autos vollgeparkt, ich stellte meinen Wagen ab und machte mich auf die Suche nach einem menschlichen Wesen.

»Hallo?« Im Halbdunkeln der kleinen Lagerhalle sah ich weitere Autos, ich ging hinein und zwischen ihnen hindurch.

Aus einem Büro drangen Stimmen. Ich klopfte.

Nach einem kernigen »Herein« öffnete ich. Zwei Männer saßen sich an einem Schreibtisch gegenüber und drehten sich nach mir um. Zwischen ihnen lag etwas, das wie ein Vertrag aussah.

»Wenden Sie sich bitte an Wolfgang«, sagte der eine, bevor ich überhaupt den Mund öffnen konnte. Er wies vage in eine Richtung und wandte sich wieder seinem Gesprächspartner zu.

»Gut.« Ich spähte den dunklen Gang hinunter. Er schien in eine weitere Halle zu münden. Wo ich nun schon mal da war, wollte ich es auch wissen.

Einige Männer standen um einen Wagen herum, der auf einer Hebebühne schwebte. Erst als ich nach »Wolfgang« fragte, drehten sich die Männer nach mir um.

»Dort hinten«, sagte einer, und wieder lief ich einen Gang entlang.

Warum ich nicht einfach in der Runde nach dem Weg gefragt hatte, wusste ich auch nicht. Der Raum, in den ich gelangte, war voller Regale, in denen sich unendlich viele Ersatzteile stapelten.

Da stand er und schaute mir entgegen, als ob er auf

mich gewartet hätte. Er war groß, breitschultrig und nicht einmal besonders gut aussehend, trotzdem hatte er etwas an sich, das mich anzog.

Irgendetwas in diesem Raum war in Schwingung geraten.

»Hallo«, sagte er und kam auf mich zu. »Kann ich helfen?«

Ja, das konnte er. Ich erklärte ihm, dass ich einen menschlichen Navigator bräuchte, weil mein elektronischer ausgefallen sei.

Er lachte. »Wir haben eine große Landkarte«, erklärte er, »ich werde Ihnen zeigen, wo Sie hier sind.«

Wir gingen nebeneinander den Gang zurück, und ich spürte seine Hand auf meiner Hüfte. Sie lag dort gut, sie war nicht unangenehm.

Ich fragte ihn, was das für eine Werkstatt sei, und wir unterhielten uns so angeregt, dass ein junger Kerl, der uns entgegenkam, »Kennt ihr euch?« fragte.

Wir sahen uns an. Ja, irgendwie schon, fand ich.

Wolfgang öffnete die Tür zu einem Raum, in dem ein Tisch mit Stühlen, ein Kühlschrank und eine Spüle standen. Zwischen zwei Fenstern hing die Landkarte.

Aber wir schauten nicht darauf, wir schauten dicht nebeneinander aus dem Fenster. Noch immer lag seine Hand auf meiner Hüfte, und ich wollte sie dort auch nicht missen.

Der Blick ging direkt auf eine große, leicht ansteigende Wiese, auf der Frauen mit bunten Kopftüchern und Männer in Unterhemden das in hohen Bahnen aufgeschichtete gemähte Gras wendeten. Das Licht war unwirklich grell und fiel durch die vereinzelten dicken Wolken nur auf einige Flecken. Das Ganze sah aus wie ein Flickenteppich aus Hell und Dunkel. Wie ein Bild aus Großvaters Zeiten, in dem die Figuren plötzlich lebendig geworden waren.

Wir unterhielten uns einen Moment, und als alles gesagt war, fielen wir heißhungrig übereinander her.

BIS DASS DER TOD EUCH SCHEIDE

Die Sonne brannte vom Himmel, die Vögel jubilierten in den alten Bäumen, und es war überhaupt kein Tag für eine Beerdigung. Friedrich hatte sich trotzdem genau diesen Tag ausgesucht, und da lag er nun in seinem Sarg. In schwarzer Kleidung strömten die Menschen in die Aussegnungshalle, alle hatten etwas über Friedrich zu erzählen, den Großen, den Starken, den Unbezähmbaren. Er, der sogar das Wetter bestimmen konnte zu seiner eigenen Trauerfeier. Er, der immer im Mittelpunkt gestanden hatte, sobald er einen Raum betrat. Dass so einer überhaupt sterblich war, musste an sich schon als ein Wunder gelten. Und gerade mal siebzig Jahre war er nur alt geworden. Sein Zwillingsbruder Maximilian dagegen lebte noch. Er hatte sich früh mit Gott verbrüdert, während Friedrich mehr auf die weltlichen Dinge gesetzt hatte. Drei Frauen, fünf Kinder, zwei Enkel. Die Bilanz war stattlich. Maximilian hatte sich für die katholische Kirche entschieden, nachdem er nicht mehr an die Frau fürs Leben geglaubt hatte.

Mirjam, Friedrichs dritte und letzte Frau, schüttelte Hände und hörte sich stundenlang geduldig an, wie außerordentlich und interessant ihr Mann gewesen war. Und wie erfolgreich. Egal, was er getan hatte. Schon in der Schule, dann im Sport, schließlich im Beruf – sein ganzes Leben lang.

»Vielleicht hat er auch zu viel getan«, entgegnete Mirjam nur einmal leise, »und jetzt ist er tot!«

Aber das ließ man nicht gelten, so einer wie Friedrich könne gar nicht zu viel getan haben. Er sei unverwüstlich gewesen. Unerschütterlich. Unerhört.

Seine Kinder, die keine mehr waren, standen am Sarg, der in einem Blumenmeer fast unterging, und unterhielten sich leise. Die beiden Exfrauen waren nicht gekommen, sie hatten Friedrich in keiner guten Erinnerung, aber das hatten sie ihren Kindern nie gesagt.

Maximilian stand draußen unter einem Baum, beobachtete die Trauernden in der Aussegnungshalle und bereitete seine Rede vor. Er war der Ältere. Zwei Minuten. Aber Friedrich hatte das nie gelten lassen. Er hatte ihn immer wie den Kleinen, den Unmündigen behandelt. Und jetzt war Friedrich, der geglaubt hatte, man könne das Leben bezwingen, vor ihm gestorben. An einem harmlosen Infekt, der dann doch auf das Herz geschlagen war. Quasi über Nacht. Und er, Maximilian, war noch da. Es war irgendwie seltsam.

»Papa hat einmal gesagt, Maximilian habe sich ins Zölibat geflüchtet, weil er ihm sowieso immer die schönsten Frauen weggeschnappt hätte!« Richard war mit zwölf Jahren der Jüngste. Er hatte noch nicht so richtig realisiert, dass dies ein Abschied für immer war.

»Kann gut sein.« Dominik, sein älterer Halbbruder, nickte. »Brauchst ja nur uns fünf anzuschauen, dann ist es schon klar!«

Julius, mit neununddreißig der Älteste, suchte nach einem Taschentuch. »Er war ein besonderer Mensch, und ich kann es einfach nicht glauben, dass er tot sein soll!« Er schnäuzte sich ausgiebig. »Aber ich denke, das mit den Frauen stimmt schon. Meine Mutter war jedenfalls zuerst mit Maximilian zusammen, bis Friedrich sie während einer Schuldisco mit aller Macht herumgekriegt hat.«

Lucy schüttelte den Kopf. »Ja, und das Ergebnis bist du …«

»Nicht nach der Schuldisco … aber, na ja, ihr Studium konnte sie jedenfalls nicht mehr beenden.«

Katharina schaute nachdenklich auf den Sargdeckel. »Wahrscheinlich hat er Maximilian keine Luft zum Atmen gelassen, weil es im Mutterbauch umgekehrt war …«

»Ach, die Esoteriktante«, lästerte Dominik. »Du denkst, er hat sich deshalb ein Leben lang an ihm gerächt?« Er schaute auch auf den Sarg. »Ähnlich sehen würde es ihm jedenfalls.«

»Ach, komm, Papa mochte Onkel Max!« Richard wollte das nicht gelten lassen.

»Klar mochte er seinen Bruder. Aber dass er ihn immer abgedrängt hat, stimmt schon!« Lucy, die Siebzehnjährige, streichelte Richard über den Kopf. »Aber das ist ja auch nicht schlimm. Vielleicht ein bisschen albern. Der Wettkampf ging ja schon beim Kuchenessen los! Erinnert ihr euch an Muttis fünfzigsten Geburtstag?« Sie schaute sich kurz um. »Ach, nein, könnt ihr ja gar nicht, da waren sie ja schon getrennt. Trotzdem war er da. Und Maximilian auch. Und als Maximilian, der später gekommen war, nach dem letzten Stück Schwarzwälder Kirschtorte greifen wollte – wumms, da war er zuerst da und stopfte es in sich hinein, obwohl es ihm dabei garantiert schlecht geworden ist. Er hatte schon mindestens drei Stücke im Bauch!«

»Na ja«, Katharina schwächte ab. »Aber er hatte schließlich auch viele gute Seiten. Das war halt irgendwie ein Bruderkrieg. Papa wollte immer das letzte Wort behalten, größer, stärker, schneller sein. Aber nur gegen seinen Bruder. Sonst war er nicht so.«

»Stimmt!«

Eine Weile schauten sie stumm auf den Sarg, jeder mit seinen eigenen Gedanken beschäftigt.

»Umso schöner, dass Maximilian angereist ist, um die Grabrede zu halten«, erklärte Dominik schließlich.

»Immerhin war er ja sein Bruder!«

Julius schaute sich um. »Die Leute setzen sich schon, wir sollten vielleicht auch …«

Als alle saßen, betrat Maximilian die festlich geschmückte Halle. Er trug nur einen schlichten schwarzen Anzug und darunter ein weißes Stehkragenhemd. Sein Bruder war an dem Tag aus der Kirche ausgetreten, an dem er sich zu ihr bekannt hatte. Nun war es eben eine Trauerrede von Bruder zu Bruder.

Hinten, auf der Empore, erhob sich ein Taktstock, und das kleine Orchester stimmte einen Choral aus Bachs *Matthäuspassion* an. »Und wenn ihr einmal sollt scheiden«, flüsterte Lucy, die das gerade in der Schule durchnahm, ihrem kleinen Halbbruder zu. Richard saß neben ihr und kämpfte mit den Tränen. Sie nahm seine Hand und drückte sie. »Wein nur«, flüsterte sie. »Das hilft!«

Richard war nicht der Einzige, der weinte. Und dann wanderten die Blicke vom geschmückten Sarg zu Maximilian, der kerzengerade auf seinem einsamen Stuhl saß und andächtig lauschte. Was mochte in ihm vorgehen, dem Zwillingsbruder? Hatten nicht gerade Zwillinge eine besondere Verbindung? Waren sie nicht aneinandergekettet – auch über das Leben hinaus?

Als die Musik zu Ende war, ließ Maximilian noch etwas Zeit verstreichen, ehe er aufstand und sich an das Rednerpult stellte.

»Er war mein Bruder«, begann er langsam und deutlich sprechend, »und als solchen habe ich ihn geliebt. Er ging seinen Weg, wie wir alle ihn gehen werden. Früher oder später kommen auch wir an das Ziel, liegen wir hier vor anderen«, er deutete auf den Sarg. »Nun ist er uns vorausgegangen. Ein Stück des Weges vorausgegangen.«

Er überlegte.

»Ja, ich denke, das ist ein schönes Bild. Der Lebensweg hat Kurven und Schleifen, Sackgassen und Umwege, aber es ist immer ein Weg.«

Maximilian strich sich bedächtig durch seine weißen, dichten Locken. Dann erhob er seine Stimme erneut. »Mein Bruder Friedrich war ein besonderer Mann!« Sein

Blick schweifte langsam über die Trauergäste, bevor er sich auf die Notizen vor ihm senkte. »Am 6. Mai im vorigen Jahrhundert geboren, war er ein kleiner, forscher Junge mit einem unerhörten Drang nach oben. Aufwärts war seine Devise; so wie eine Pflanze das Sonnenlicht sucht, strebte er nach oben. Immer höher, immer höher, er füllte jeden Raum allein ...«

»Wieso denn 6. Mai?«, flüsterte Julius Dominik zu, der neben ihm saß. »Er ist doch am 22. März geboren. Beide sind doch am 22. März geboren!«

»Da hat er sich halt geirrt.« Dominik zuckte mit den Schultern. »Das ist ja auch für ihn schwer.«

»Heute ist der 6. Mai!«

»Vielleicht hat er aus Versehen das heutige Datum aus seiner Grabrede abgelesen.«

Sie schwiegen und lauschten. Und auch die anderen, die, denen es aufgefallen war, beruhigten sich wieder. Was spielte es für eine Rolle, es war ein Versehen. Das konnte passieren.

»Es ist schön, einen größeren Bruder zu haben! Das sagte Friedrich damals, als wir aus Pommern geflohen sind. 1945 waren wir noch klein.« Maximilian umklammerte mit beiden Händen das Rednerpult. Selbst in den hinteren Reihen war die Anspannung an seinen weißen Knöcheln zu sehen.

»Pommern?« Lucy stieß Julius an. »Was soll denn das sein?«

»An der Ostsee«, zischte Julius. »Oben, im Osten, Stralsund, Stettin. Vorpommern, Hinterpommern, hast du in der Schule nicht aufgepasst?«

»Ja, schon, aber er ist doch bei Hannover geboren, gehört das auch zu Pommern?«

»Nein!«

Irgendetwas stimmte nicht. Hatte er draußen zu viel Sonne abbekommen? War er verwirrt? War der Schmerz über den Verlust des eigenen Zwillingsbruders doch zu groß? Hätte man das bei der Bitte um Maximilians priesterlichen Beistand bedenken sollen? Julius wusste es nicht. Aber er spürte, wie sich etwas in ihm verkrampfte.

»Friedrich liebte Hölderlin. Friedrich Hölderlin, der in seinem lyrischen Briefroman *Hyperion* die äußere Handlung dem Gefühlsleben unterordnete und vor Gefühlen nur so überströmte, das war Friedrichs Welt. Eine Welt inneren Reichtums, der Liebe und des Wahnsinns, eines Wahnsinns, dem auch Friedrich erlag.«

Er schaute auf. »Es war sein Weg, sein ureigener Weg, sein Lebens-, Leidens- und auch Freudenweg. So lässt es sich am besten beschreiben.« Sein Blick glitt über seine Nichten und Neffen.

»Katharina, vielleicht willst du etwas zu deinem Vater sagen?«

Alle Blicke richteten sich auf sie. Katharina räusperte sich. Sie hatte Maximilian gesagt, dass sie vielleicht, aber auch nur vielleicht, etwas sagen würde. Sie würde ihm zum Schluss, aber auch erst ganz zum Schluss, ein Zeichen geben, hatte sie gesagt.

Sie stand auf, griff nach ihrem kleinen Papier und trat nach vorn. Maximilian setzte sich wieder auf seinen kleinen, einsamen Stuhl. Sie zog das Mikrofon zu sich herunter.

»Du hast so friedlich ausgesehen, Papa, wie du dagelegen hast. So als ob du schlafen würdest. Kein Kampf, keine Anstrengung, einfach ein entspanntes Hiersein. Oder ein Wegsein, wenn es um deine Seele geht.

Aber es gibt so vieles, was ich dich noch gern gefragt hätte. So viele offene Fragen, so viele kleine Gedichte, die ich dir nie vorgetragen habe …« Sie stockte. »Und nun ist es zu spät.«

Die ersten Taschentücher wurden verhalten benutzt, Katharina sprach und hatte selbst Tränen in den Augen, ganz wie Maximilian, der sich heftig schnäuzte.

Sie stand schmal, mit zusammengebundenem Haar da, ein bisschen verloren in ihrem schwarzen Kleid, vielleicht auch ein bisschen verloren in ihrem Leben. Sie hatte ihn nicht gefragt, und ungefragt war er gegangen.

Als sie mit ihren Worten zu Ende war und an ihren Platz zurückkehrte, ergriff Maximilian erneut das Mikrofon.

»Mein Bruder«, sagte er, »war ein Mittelpunktsmensch. Und diesen Platz wird er sich dort oben«, er deutete mit einem Kopfnicken zur Decke, »auch erkämpfen. Er liebte große Anlässe und große Abgänge. Wir«, sein Blick glitt über die Familie, »wir haben ihn geliebt. Erbarme dich, mein Gott!«

Oben auf der Empore hob der Dirigent den Taktstock, und jetzt setzte in der *Matthäuspassion* zur Solovioline auch die Altstimme ein. »Erbarme dich, mein Gott«, wunderschön, erhaben.

»Friedrich wusste überhaupt nicht, wer Hölderlin war«, sagte Dominik. »Von wem spricht Max da eigentlich?«

Viele hatten die Augen geschlossen und lauschten der Musik, Richard nicht. Er hing seinen Gedanken nicht nach, wie es die anderen taten, sondern er schaute sich um. Es waren unglaublich viele Menschen da, die Aussegnungshalle war zum Bersten voll, selbst die Notsitze waren besetzt. Sein Vater war ein bedeutender Mann gewesen, das war ihm gar nicht so bewusst. Alle waren sie gekommen, um seinen Papa zu verabschieden. Nur ihn. Das machte ihn stolz trotz aller Traurigkeit.

Der Grund seines Hierseins wurde ihm wieder bewusst, und Richard spürte erneut die Tränen aufsteigen. Dann blieb sein Blick an Maximilian hängen. Sein Onkel schien eingeschlafen zu sein. Er hatte nicht nur wie alle anderen die Augen geschlossen, sondern sein Kopf war leicht auf die Brust gesunken, um sich in diesem Moment ruckartig zu heben und dann wieder herunterzusinken.

Richard stupste seine Mutter an. »Mami, schau mal zu Max …«

Mirjam öffnete die Augen und folgte Richards Blick.

»Ist er eingeschlafen?«, wollte Richard wissen.

Sie schüttelte leicht den Kopf. Das konnte doch wohl nicht wahr sein. Hier, bei der Trauerfeier für ihren Mann, vor all den Leuten.

Inzwischen wurden auch hinter ihr Geräusche laut, die sie als unterdrücktes Lachen identifizierte. Ja, klar, nun hatten es auch andere bemerkt: Maximilian schlief seelenruhig bei der Trauerfeier für seinen eigenen Bruder und fiel dabei fast vom Stuhl.

Mirjam wusste nicht, wie sie reagieren sollte. Sie konnte ihn ja schlecht schütteln. Es war unglaublich. Normalerweise hätte nun Friedrich auf den Tisch gehauen, aber Friedrich war nicht mehr. Wer sollte es also tun?

Sie zögerte.

Die Musik war verklungen und Maximilian vor aller Augen in Schräglage. Gleich würde er vom Stuhl fallen.

Eine Hand, die sich von hinten auf ihre Schulter legte, ließ sie herumfahren.

»Ist mit Ihrem Schwager alles in Ordnung?«, wurde sie gefragt.

So weit hatte sie noch gar nicht gedacht. Was tun? Entweder stand sie nun auf, um Maximilian zu wecken, dann würde die Situation mehr als peinlich für ihn, oder sie wartete ab, dann fiel er möglicherweise tatsächlich vom Stuhl, und sie hatte die Lage verkannt.

Das Gelächter ringsum verstärkte sich. Mirjam stand auf und mit ihr Katharina. Erst zögerlich, dann doch entschlossen, traten sie auf Maximilian zu. Und dann fiel er ihnen entgegen, sodass Mirjam ihn gerade noch auffangen konnte. Um Gottes willen, er hing ihr wie eine reglose Puppe im Arm und zog sie fast mit sich zu Boden, weil er so schwer war. Augenblicklich stürzten Friedrichs Söhne herbei. Sie versuchten, ihn aufzurichten, aber Maximilian hatte blaue Lippen, und Mirjam wies Julian an, ihn auf den Boden zu legen. Dominik lief mit seinem Handy hinaus, um den Notarzt zu rufen.

»Ist ein Arzt oder eine Ärztin im Saal?«, rief Lucy angstvoll.

Mittlerweile waren alle Trauergäste aufgestanden. Manche kamen hervor, andere verharrten reglos, aber keiner konnte wirklich helfen. In der Zwischenzeit hatte Julius einen Stuhl unter Maximilians Beine geschoben und ein paar Windeln, die eine junge Mutter zufällig in ihrer großen Handtasche hatte, unter seinen Kopf gelegt. Und da lag er nun. Regungslos neben dem Sarg seines Bruders.

Lucy stand vor ihm. Was war zu tun? Mund-zu-Mund-Beatmung? Oder doch besser Seitenlage? War er bewusstlos? Konnte seine Zunge in den Gaumen zurückfallen und er daran ersticken?

Sie machte gerade ihren Erste-Hilfe-Kurs für die Führerscheinprüfung, aber der Ernstfall sah anders aus als eine Puppe. Nichts war so, wie sie es gelernt hatte. Aber sie sah, dass auch die Erwachsenen nicht schlauer waren.

Ein Herr von der Friedhofsverwaltung kam und erklärte, dass der Notarzt verständigt sei. Der Rettungswagen war bereits unterwegs.

Maximilian lag da, die Augen geschlossen, alle Farbe war aus seinem Gesicht gewichen.

»Das darf einfach nicht wahr sein«, wiederholte Mirjam immer wieder. Ihr ganzes Denken kreiste um diesen einen Satz. Immer wieder.

Es dauerte ewig, bis das Martinshorn zu hören war. Es kam schnell näher. Schweigend bildete sich eine Gasse bis zur Eingangstür.

Zuerst kamen die Sanitäter, dann gleich darauf der Arzt. Eine Infusion wurde gelegt, Maximilian war nicht ansprechbar.

»Er stirbt«, sagte Katharina und schlug die Hand vor den Mund. »Nein, wie entsetzlich. Wir hätten merken müssen, dass etwas nicht stimmte, bei all dem Unsinn, den er erzählt hat.«

»Du hast recht«, fand Julius. »Vermutlich hat sich das angekündigt, was immer es sein mag!«

»Ein Schlaganfall«, mutmaßte Lucy. »Oder ein Herzinfarkt!«

»Warten wir es ab, Hauptsache, er kommt schnell in die Klinik!«

Die Sanitäter legten Maximilian behutsam auf eine Trage und trugen ihn zum Ausgang. Kurz vor dem Rettungswagen schlug Maximilian plötzlich die Augen auf und lächelte schwach. Alle freuten sich darüber, sprachen ihm Mut zu und blieben stehen, bis der Wagen anfuhr.

Wie alle anderen sah auch Mirjam ihm nach, bis er nicht mehr zu sehen und das Martinshorn nicht mehr zu hören war.

»Das hast du extra gemacht«, sagte sie nachdenklich.

Drinnen stand einsam und vergessen der Sarg.

DAS GLÜCK MIT DEN MÄNNERN

Sich zu verlieben ist der totale Glücksfall. Den einen Menschen zu finden, der einem gefällt, der einen anzieht und der die Gefühle erwidert, ist wie ein Sechser im Lotto. Aber was kommt nach diesem ersten, diesem aufwühlenden Gefühl? Es ist verdammt schwer, die Liebe zu finden. Es ist ja schon schwierig, Liebe zu definieren. Was ist Liebe? Ist es die Gewissheit der bedingungslosen Verlässlichkeit, des Vertrauens, der Achtung? Ist es das pure Verlangen, das Nicht-genug-kriegen-Können?

Ich könnte mich nie aus Kalkül verlieben oder entlieben. Ich wüsste auch gar nicht, wozu. Und ich möchte auch nicht ohne Liebe leben, zumindest nicht selbst gewählt. Wenn es eintreffen sollte, dass der Partner sich umorientiert, dann wird man damit auch fertig. Arbeitet auf, verdrängt oder rächt sich. Ich würde mich einfach beschäftigen, bis mir eine neue Liebe über den Weg läuft. Bevor ich mich aber einem anderen Menschen öffnen würde, der nicht zu mir passt oder mich lähmt, würde ich jedenfalls lieber auf die Zweisamkeit verzichten.

Aber ich habe auch gut reden, denn mir geht es ja gut,

ich bin fast immer verliebt – und zwar in ein und denselben Mann. Und ich würde mit keinem Mann zusammen sein wollen, in den ich nicht verliebt bin. War ich auch noch nie. Wobei ich Paare verstehe, bei denen es anders läuft. Es gab schon immer Vernunftsehen. Weil es geschickter ist, weil sich die Partner gegenseitig stützen können, weil einer von beiden die Kohle hat und der andere heuchelt, weil sie den gleichen Sport, die gleichen Interessen haben – Gründe gibt es viele. Ob Singles glücklicher sind, weiß ich nicht. Ich denke, auch eine Partnerschaft bietet Raum für persönliche Freiheiten. Aber manches ist eben doch schöner, wenn man es zu zweit genießt. Ich denke an gutes Essen oder an schöne Reisen. Wer will schon allein durchs Leben gehen? Auf der anderen Seite lässt sich die Liebe nicht erzwingen. Nicht einmal das Verliebtsein. Es trifft einen, oder es trifft einen nicht. Manche trifft es gerade dann, wenn sie glauben, es kommt nicht mehr. Und es ist jedem zu wünschen, denn ein schöneres Gefühl und eine bessere Schönheitskur gibt es nicht.

MEHR AUSDRUCK, BITTE!

Er schrie so laut über den Abreiteplatz, dass sie zusammenzuckte. Nicht, weil sie es nicht gewohnt gewesen wäre, sondern weil er einmal mehr das Headphone vergessen hatte, das sie seit Neuestem miteinander verband. Seine dröhnende Stimme fuhr durch die kleinen Ohrstöpsel wie ein Hammer in ihren Kopf, und der Schmerz breitete sich von dort wellenartig aus. Sie hatte Mühe, ihr Erschrecken nicht auf ihr Pferd zu übertragen, das gerade jetzt, kurz vor der Prüfung, die richtige Anlehnung gefunden hatte.

»Mach das Bein lang, immer wieder klemmst du so! Lass das, und stell ihn mal nach außen, er ist so verkrampft! Oder du bist verkrampft! Beide wirkt ihr so verkrampft!« Er holte tief Luft. »Mehr Ausdruck!«, legte er nach. »Mehr Ausdruck! Vorn gibt's das Geld, das weiß doch jeder Anfänger!«

Sie überlegte kurz, ob sie die Ohrstöpsel herausreißen sollte, entschied sich aber stattdessen für eine kurze Antwort: »Schrei nicht so, dann bin ich auch nicht so verkrampft«, sagte sie leise in ihr kleines Mikrofon. Dass das nichts nützte, war ihr allerdings gleich klar, denn wenn er die Ohrstöpsel trug, war kein Platz für sein Hörgerät und er eigentlich fast taub.

Noch drei Reiter vor ihr.

Sie stellte ihren Wallach wie von ihrem Mann gewünscht nach außen, dann wieder nach innen, legte vier Tritte zu und versammelte ihn dann wieder. Nach mehreren Wiederholungen parierte sie schließlich zum Schritt durch und galoppierte auf den Punkt genau wieder an. Sie fand es gut. Ihr Mann hatte noch immer das ein oder andere auszusetzen, aber das war sie gewohnt.

Er würde nach ihr starten, hatte also noch etwas Zeit. Und mit der Korrektur an ihr wurde er seine eigene Nervosität los. Sie waren schon so viele Jahre verheiratet und hatten schon so viele Turniere zusammen bestritten, dass Evelyne das kannte. Stets trieb Ferdinand sie zur Höchstleistung an, aber hinterher war er doch immer froh, wenn er in der Wertung vor ihr lag.

Heute ging es ihm allerdings um mehr als sonst.

Das Turnier fand in ihrem Heimatverein statt, und da durften sie sich nicht blamieren. Es galt die Stellung zu halten, das Image der Ungeschlagenen zu wahren.

Evelyne konzentrierte sich auf *Lancelot*, ihren Wallach. Er war gut in Form und hatte augenscheinlich auch einen guten Tag. Er war ganz bei ihr, und das gab ihr ein gutes Gefühl.

Ferdinand hatte noch etwas an ihrem Gesichtsausdruck auszusetzen und an ihrem Lippenstift, er sei zu grell für eine seriöse S-Dressurreiterin, und weil er das über den ganzen Platz brüllte, schauten ihr die anderen Reiter, die ihr entgegenkamen, prüfend ins Gesicht.

Manchmal hasste sie ihn.

Außerhalb der Reitanlage war er ein wunderbarer Mann, einfühlsam und unterhaltsam, kein Langweiler, der nach Feierabend nur nach Bier und Fernbedienungstaste griff. Er überraschte sie immer mal wieder mit Karten fürs Theater oder die Oper, manchmal legte er auch Flugtickets für eine kurze Städtereise auf den Tisch. Aber sie hatten keine Kinder, so konzentrierte sich alles in ihrem Leben auf die Pferde, und solange sie zurückdenken konnte, war er nicht nur ihr Mann, sondern auch ihr Trainer gewesen. Eigentlich war er zuerst ihr Trainer und dann ihr Mann.

Noch zwei Reiter vor ihr.

Siedend heiß fiel ihr ein, dass *Lancelot* noch die Bandagen trug, und außerdem brauchte sie nun ihren Frack. Wo hatte Ferdinand den Frack hingelegt?

Selbstverständlich achtete er nicht auf solche Sachen, aber ganz dringend musste sie jemanden finden, der ihr die Sachen reichte und noch einmal über das verschwitzte Pferd putzte. Ausdruck hatte er doch geschrien, Ausdruck – hatte das nicht auch was mit Eleganz zu tun? Und jetzt saß sie auf einem verschwitzten Pferd und hatte selber eine durchnässte Turnierbluse an.

Noch ein Pferd vor ihr.

Sabine, ein Mädchen aus dem Stall, kam mit ihrem Frack angerannt.

»Den hat mir Ihr Mann gegeben, ich soll Ihnen ausrichten, dass er schon auf der Tribüne ist, rechts neben dem Richterhäuschen.«

Das sah ihm ähnlich, am liebsten hätte er sich wohl selbst hineingesetzt.

Sabine half ihr in den Frack und nahm schnell die Bandagen von *Lancelots* Beinen ab. So, jetzt waren sie startbereit. Evelyne horchte noch einmal in sich hinein, prüfte ihre Nervosität, und dann ritt sie zum Eingang der großen Halle.

So, jetzt galt es zu geben, was sie geben konnte.

Einreiten im versammelten Trab. Bei X halten und grüßen.

Sie hatte die Ohrstöpsel abgelegt, trotzdem hörte sie seine Stimme aus ihrer Brusttasche heraus: »Der erste Eindruck zählt, reite doch mal gerade ein. Hoffentlich weißt du endlich mal, wo X ist!«

Sie hätte das Gerät abschalten sollen, jetzt konnte sie nur hoffen, dass es außer ihr niemand hörte. *Lancelot* stand artig in der Mitte der Bahn bei X. Evelyne grüßte. Gut, dachte sie, nicht wirklich gerade, aber sie war zufrieden, dass ihr Pferd geschlossen stand. Hoffentlich blieb er jetzt ruhig, denn S-Dressuren werden immer auswendig geritten, und sie wollte sich auf ihre Prüfung konzentrieren.

Anreiten im versammelten Trab, dachte sie kurz, danach im starken Trab durch die Bahn wechseln, am Wechselpunkt versammelter Trab.

Aus ihrer Brusttasche quäkte es: »Mach ihn gerade, treib in mehr, mehr Ausdruck, denk an die Parade!« Allerdings war sie sich nicht sicher, ob die Stimme wirklich nur aus ihrem Frack kam oder ob er es nicht einfach gerufen hatte. Die Tribüne war voller Menschen, aber sie hatte ihn bereits ausgemacht. Er hing an der Ecke zur kurzen Seite über der Band, um ja keine einzige Bewegung zu verpassen.

Aber sie blieb ruhig, und auch *Lancelot* war locker und kaute zufrieden auf seinem Gebiss.

Sie wendete auf die Mittellinie ab und begann mit der nächsten Lektion: »Zick-Zack-Traversale«. Kaum hatte *Lancelot* seinen ersten Tritt in der Linkstraversale gesetzt, schrie er sie an: »Biegung! Mehr Biegung! Reitest du deine erste Traversale oder was?!«

Nun murrten auch einige Zuschauer, er musste also gebrüllt haben. Evelyne schüttelte die Gedanken ab und konzentrierte sich, denn jetzt kamen nach der Trabtour die fliegenden Galoppwechsel. Erst die Dreierwechsel, dann die Zweier. Hoffentlich verzählte sie sich nicht bei den Übergängen, schließlich zählte jeder Galoppsprung. Sie wollte eine gute Galopptour hinlegen, die Trabtour war zugegebenermaßen etwas matt gewesen. Jetzt galt es zu kämpfen, jede Lektion war wichtig.

Aus der Nähe des Richterhäuschens hagelte es Kommentare: »Der war doch gar nicht durchgesprungen, der Galoppwechsel kam nach der Hilfe!«

Halt doch die Klappe, dachte sie, aber irgendwie fand auch sie ihren Ritt mittlerweile nicht mehr so gut, der Ausdruck war weg, und dabei gab es nur noch eine Handvoll Lektionen zu reiten!

Kaum noch Gelegenheit, alles wettzumachen. Die beiden Pirouetten im Galopp waren akzeptabel, aber gut, jetzt war es sowieso gleich vorbei. Sie ritt im versammelten Trab zur Mittellinie und grüßte. Evelyne hatte sich angewöhnt, immer alle drei Richter zu grüßen und nicht nur den Chefrichter vor ihr, schließlich bemühte sie sich um Ausdruck. Oder wenigstens um einen guten Eindruck.

Vielleicht würde sie beim nächsten Mal viermal grüßen, ihr Mann stand ja gleich neben dem dritten Richterhaus.

Aber er spurtete schon die Tribüne entlang, und kaum war sie am langen Zügel hinausgeritten, kanzelte er sie vor allen Leuten so ab, dass sich manche peinlich berührt abwandten.

»Hast du dein Ergebnis gehört? 60,33 Prozent«, rief er und kam auf sie zugeschossen. »Das macht ja jeder Anfänger besser. Hör doch auf zu reiten, du lernst es nie, das ist ja unglaublich, schlechter geht's nicht mehr!! Schon allein dein Bein. Streck es doch einmal, und klemm nicht immer wie ein Springreiter.« In völliger Verzweiflung schlug er beide Hände vors Gesicht. »Unfassbar! Unfassbar schlecht! 60,33 – was für eine Blamage!«

Evelyne duckte sich. Sie tätschelte *Lancelot* den Hals und wartete, dass sich Ferdinand beruhigte. Es war immer wieder mal anstrengend mit ihm, aber mit zunehmendem Alter wurde er immer schlimmer.

»60,33 Prozent!« Er spuckte es fast aus, bevor er sich abwandte. »Ich richte jetzt meinen. Versorg *Lancelot* gut, er kann ja nichts dafür, er ist ein gutes Pferd!«

»Ja, das bist du«, sagte Evelyne, tätschelte den Wallach und schaute ihrem Mann erleichtert nach, der Sabine sein gesatteltes Pferd abnahm. Evelyne ritt *Lancelot* noch einige Minuten im Schritt, dann schlug sie aber sofort den Weg zur Pferdebox ein. Den Ritt ihres Mannes wollte sie sich nicht entgehen lassen. Schließlich war er mit seiner Stute *Angelique* Vereinsmeister und wollte seine Stellung halten. Schlimm genug, dass sie selbst so versagt hatte.

Sie sattelte und trenste *Lancelot* ab, belohnte ihn mit

einigen Karotten und kraulte ihn, bevor sie zur Reithalle ging. Zwischendurch hatte sie ihren Mann noch aus der Brusttasche brabbeln hören, bis sie den Frack ausgezogen und weggehängt hatte.

Auf dem Abreiteplatz sah sie ihn nicht mehr.

Hatte sie die Zeit verbummelt?

Sie lief schneller, damit sie noch mit durch die offene Tribünentür in die Halle schlüpfen konnte und es keine zusätzlichen Geräusche gab. Dressurpferde reagierten oft mit Erschrecken auf eine plötzliche Lärmquelle. Evelyne lief los, und die Frau, die die Türklinke in der Hand hatte, sah sie kommen und wartete auf sie.

»Danke«, sagte Evelyne, übernahm die Tür und sah mit einem Blick, dass Ferdinand tatsächlich schon in der Prüfung war. Gerade beschleunigte er auf der gegenüberliegenden Seite zum starken Trab. In diesem Moment rutschte ihr die Türklinke aus der Hand, und die Tür schlug mit einem lauten Knall hinter ihr zu. *Angelique* machte einen riesigen Satz in die Bahn, geriet völlig aus dem Konzept, und Ferdinand fluchte lauthals. Ein Richter ermahnte ihn, und einige Zuschauer, die ihn kannten, stießen sich gegenseitig an.

Evelyne aber duckte sich. Sie hielt sich auch für die restliche Kür, die völlig aus dem Takt war, unsichtbar.

Erst bei seinem Ergebnis tauchte sie wieder auf.

»60,33 Prozent für Ferdinand Kühn auf *Angelique*«, dröhnte es durch den Lautsprecher.

Evelyne konnte nicht anders. Sie grinste.

IN DER BLÜTE IHRER SCHÖNHEIT

So ein bisschen verliebt war sie schon. Zugegeben hätte sie es nicht, nicht vor ihrer besten Freundin und vor sich selbst schon dreimal nicht, aber sie spürte es an ihrer Reaktion, wenn sie seinen Namen hörte. Sofort erhöhte sich der Pulsschlag, und sie wollte alles genau hören. Und sie fragte nach. Das tat sie sonst nie, weil sie selten die Details an einem Menschen interessierten. Leonie war fünfundzwanzig und an ihrem Weiterkommen interessiert, an ihrem Studium, an ihrem zukünftigen Beruf. Sie hatte sich klare Ziele gesteckt – da war für eine Liebelei kein Platz. Weder an der Uni noch in der Freizeit – die sie nicht hatte, weil sie kein wirkliches Hobby pflegte. Ein bisschen dies, ein bisschen das, aber eigentlich war ihr jede Anstrengung zu viel. Sie war auch nicht der Typ, der abends mit anderen in der Weinkneipe herumhing, und für die Disco kam sie sich ohnehin zu alt vor. Sie war mit sich selbst recht zufrieden, mit ihrem kleinen Fernseher in ihrem kleinen Studentenzimmer und mit ihrem Schreibtisch voller Bücher.

Doch er hatte als Gastdozent ein Semester an ihrer Uni gelehrt, und seitdem hatte sie Schmetterlinge im Bauch.

Und nicht nur das, sie war verärgert. Verärgert, weil sie dem Gerede der anderen keinen Glauben schenkte. Vor allem ihre weiblichen Kommilitonen strömten in seine Vorlesungen und flüsterten sich alles Mögliche über ihn zu. Sie fand das albern. Was spielte es für eine Rolle, wenn einer gut aussah, muskulös war und sich offensichtlich zu kleiden wusste? Sie hatte sich die Themen seiner einzelnen Vorlesungen angeschaut und fand nichts Weltbewegendes daran. Jedenfalls nichts, was sie zu ihrem eigenen Studium unbedingt gebraucht hätte.

Aber dann hatte sie sich doch überreden lassen. Es war kurz vor den Semesterferien gewesen, und sein Thema *Skin Art* sprach sie an. Die allgemeine Form von »Hautkunst« sah sie um sich herum hauptsächlich an Tätowierungen aller Art, vor allem direkt über der Pobacke, was sie nie besonders ästhetisch fand.

Es musste also jenseits dieser profanen Kunst eine höhere geben, irgendetwas, das mit Literatur zu tun hatte, denn schließlich war er Literaturprofessor, wenn auch außergewöhnlich jung, wie sie von den anderen gehört hatte.

Schon auf dem Weg zum Hörsaal kam sie sich irgendwie fehl am Platz vor, denn July, die im Studentenwohnheim die kleine Wohnung neben ihr hatte, flüsterte ihr augenzwinkernd zu: »Seine Haut ist schon mal mehr als geil. Wirst du sehen.« Leonie quittierte das mit einem kurzen Achselzucken.

July trug zu diesem Anlass ein trägerloses Shirt, und Leonie war sich sicher, dass sie damit den Blick auf die kleine Rose freigeben wollte, die ihre Schulter zierte. *Skin Art* eben.

Der Hörsaal war schon brechend voll. Sogar auf dem Boden vor der ersten Stuhlreihe saßen Studenten, und Leonie blieb ratlos stehen. So eine Überfüllung hatte sie noch nie erlebt. Offenbar waren seine Vorlesungen wirklich gut.

July winkte ihr zu. Sie hatte auf der Treppe einige Freundinnen entdeckt, die nun zusammenrückten, um für sie beide Platz zu machen. Und kaum hatten sie sich in die Lücke hineingezwängt, kam er auch schon. Er hatte eine gewisse Ausstrahlung, das spürte sogar Leonie, die sonst nicht besonders an Männern interessiert war. Das hatte alles Zeit, war ihre Meinung. Aber er hier war groß und schwarzhaarig und trug zum roten Poloshirt eine gut sitzende Jeans. Das Poloshirt schmiegte sich an seine Brust und fiel dann locker bis zum Gürtel. Sein Hintern war gemeißelt schön. Er sah aus wie ein Filmstar. Ein bisschen wie Pierce Brosnan vielleicht. Kein Wunder, dass alle verrückt auf seine Vorlesungen waren.

Sie holte tief Luft, dann hörte sie ihm zu. Heute ginge es um die Haut als Projektionsfläche, erklärte er, um die Haut als Grenzdiskurs, Verpanzerung und Stilisierung, und weitere Themen seiner Vorlesung seien Häutungen und Beschriftungen der Haut.

Häutungen. Es schauderte sie. Sofort hatte sie alte biblische Stiche vor Augen, aber sie wollte nicht weiter darüber nachdenken. Hier hatte sie ein Musterexemplar von schönem Mann vor Augen, seine braungebrannte Haut spannte sich über einen durchtrainierten Körper. Sie wäre gern weiter vorgerutscht, aber das ging nicht. Wie gern hätte sie jetzt ein Opernglas gehabt, aber auch das schlug sie sich sofort wieder aus dem Kopf. Sie versuchte sich zu konzentrieren, aber es bereitete ihr Mühe. Ständig schweiften ihre Gedanken ab, und sie überlegte sich, wie sie ihm näher kommen könnte. Instinktiv schaute sie an sich herunter. Sie trug eine weiße Bluse zu einem bunt karierten Schottenrock. Wenig attraktiv. Und die flachen Jesuslatschen noch weniger.

Ihr volles dunkelbraunes Haar hatte sie gestern gewaschen, aber sie hatte überhaupt kein Make-up aufgelegt, noch nicht einmal Wimperntusche, von Lidstrich oder Lippenstift ganz zu schweigen. Sie sah einfach aus wie immer. Um sie herum wimmelte es dagegen von zur Schau gestellten Tattoos, aufgestellten Brüsten und flachen Bäuchen.

Da konnte sie nicht mithalten, zumal sie sicherlich sechs Kilo zu viel auf den Rippen hatte. Obwohl sie sich das immer wieder verbat, liebte sie einfach das cremige Eis der benachbarten Eisdiele, und ohne Schokolade schaltete sie ihren PC erst gar nicht an. Ihre schlanke Mutter meinte immer, sie solle einfach ein bisschen Sport treiben, dann sei das schon okay. Aber Leonie war einfach nicht sportlich, jede Art von Bewegung war ihr zu viel. Sie fuhr Fahrrad, weil sie keinen Wagen besaß, gut, aber auch nur im Nahbereich und wenn es flach war. Sonst stieg sie auf Bus und Bahn um. Sie wollte nicht schwitzen, schwitzende Menschen waren ihr ein Graus. Die Ausdünstungen der Haut – damit war sie wieder beim Thema und versuchte sich auf Alexander Stein zu konzentrieren.

Er analysierte gerade die Begriffe »Aus der Haut fahren« und »Ich möchte nicht in deiner Haut stecken«.

An den Gesichtern um sich herum sah Leonie, dass viele gern in seiner Haut stecken oder zumindest an seiner Haut kleben, sich schweißnass an seiner Haut reiben würden. Sie schüttelte die Gedanken ab. Sie würde seinen Vorlesungen in Zukunft fernbleiben, es lenkte sie nur ab, und sie kannte sich selbst nicht wieder.

Zum Abschluss verkündete er mit dunkler, fester Stimme, dass er sich von allen mit einem herzlichen Dankeschön für die Aufmerksamkeit verabschiede, seine Gastprofessur sei vorüber, er kehre nach den Semesterferien an seine Uni zurück.

Proteste wurden laut, Füße trampelten, und einige riefen »Zugabe«, aber er lächelte, hob beide Hände und verließ mit einem: »Vielleicht gibt es ja ein nächstes Mal« den Saal.

Leonie wurde mit den anderen hinausgespült. Etwas ratlos stand sie im langen Gang, während sie von herausströmenden Kommilitonen angerempelt wurde. Zu spät. Sie war zu spät mitgegangen, sie hatte ihn zu spät entdeckt.

Sie nahm sich vor, ihn zu vergessen. Wegzuspülen wie kalt gewordenen Kaffee. Aber sie brauchte einen Trost, und den fand sie in der Eisdiele. Ganz gegen ihre Gewohnheit setzte sie sich an einen kleinen Tisch, beobachtete das Treiben in der Fußgängerzone, genoss die wärmende Junisonne und bestellte sich einen großen Eisbecher. Den hatte sie sich verdient.

Dann sah sie ihn.

Er steuerte die Eisdiele an und sah sich suchend um. Erst jetzt fiel Leonie auf, dass kein Tisch frei war. Instinktiv hob sie den Arm und winkte ihm zu. Zuerst blickte er etwas irritiert, überprüfte, ob das Winken auch tatsächlich ihm galt, dann nickte er und kam auf sie zu.

»Sie können sich gern zu mir setzen, wenn Sie wollen«, sagte Leonie hastig, »ich war heute in Ihrer Vorlesung. Leonie Kaspar«, fügte sie schnell hinzu.

»Ja?« Seine Augen hefteten sich auf sie, und er lächelte. »Ja, gern.«

Und damit setzte er sich ihr gegenüber hin und stellte sich mit »Alexander Stein« vor.

»Ich weiß«, sagte Leonie, und ihr Puls raste so, dass sie ihr Blut in den Ohren rauschen hörte. Sie befürchtete, ihren Eislöffel nicht mehr ruhig halten zu können.

»Sieht lecker aus, was Sie da haben«, sagte er, und Leonie antwortete automatisch: »Früchteeisbecher mit einer Extraportion Schlagsahne!«

Sie benahm sich wie ein kleines Schulmädchen, dachte sie und suchte nach irgendeinem interessanten Thema.

»Und? Wie hat es Ihnen gefallen?«, wollte er wissen. »Konnten Sie mit dem Thema etwas anfangen?«

»Oh ja, sehr viel!«, schwindelte Leonie und war froh, dass die Bedienung seine Bestellung aufnahm. Einen einfachen Kaffee. Ganz offensichtlich wollte er nicht so ein Pummelchen werden, wie sie es war. Sie kam sich unmäßig und zwanghaft vor. Musste sie immer Eis essen?

Er musterte sie.

»Ich glaube, ich habe Sie noch nie gesehen«, sagte er dann, und Leonie verschluckte sich.

»Nein«, sagte sie wahrheitsgetreu, »aber es war trotzdem sehr interessant!«

»Woran arbeiten Sie gerade?«

Ihr Gehirn war leer, alles war wie weggefegt. Ja, woran?, fragte sie sich und entließ das Erste, das ihr in den Sinn kam: »Ich beschäftige mich gerade mit dem österreichischen Autor Leopold von Sacher-Masoch!«

»Masoch?« Erstaunt sah er sie an und ließ sogar seinen Löffel sinken, mit dem er gerade noch die Milch in den Kaffee gerührt hatte. »Den Namensgeber für den Begriff Masochismus? Das ist ja interessant!«

Leonie räusperte sich.

»Dann lesen Sie gerade seine Novelle *Venus im Pelz*? Oder haben sie schon gelesen?« Er beugte sich etwas vor und ließ sie nicht aus den Augen.

»Ja.« Leonie versuchte sich wieder zu sammeln. »Ja, die literarische Vorlage für die Definition dieser Perversion«, sagte sie unsicher. Das hatte sie kürzlich irgendwo gelesen.

»Und wieso gerade dieser Autor?«, wollte er wissen.

»Ach, er war seinerzeit ja recht bekannt, wurde viel gelesen. Und es geht ja nicht nur um die Beschreibung sexueller Spielarten …«

Er nickte und warf einen Blick auf seine Uhr. »Ja, ich weiß. Über Sacher-Masoch habe ich auch schon einmal ein Seminar gehalten …« Er schob ihr eine Visitenkarte zu. »Wenn ich Ihnen also helfen kann – und es nicht zu umfangreich ist –«, er grinste schief, »dann schreiben Sie mir doch einfach eine E-Mail. Und beziehen Sie sich auf unsere kleine Eisdiele hier, dann weiß ich gleich Bescheid!«

Er legte seine Visitenkarte auf den Tisch, aber bevor Leonie danach greifen konnte, hatte sie ein Windstoß fortgeweht. Rasch sprang Leonie auf und jagte ihr hinterher, bis sie mit der Karte und einem Siegerlächeln zurückkam.

»Da ist sie wieder«, sagte sie und spürte seinen Blick auf sich ruhen.

Augenblicklich erstarb ihre Euphorie. Jetzt hatte er alles gesehen. Ihren karierten Rock, ihre Sandalen und ihre Pfunde, die die Bluse und den Rock spannten. Sie setzte sich wieder hin und sah ihm beim Bezahlen zu. Auch dass er sie zu ihrem Eisbecher einlud, »ich weiß ja, wie das als Student ist ...«, machte sie nicht wirklich fröhlich. Sie fühlte sich ertappt, durchleuchtet und minderwertig.

Sie saß noch vor ihrem Eisbecher, als er schon längst gegangen war. Das Eis war zu einer unansehnlichen Pampe verlaufen, und sie schob das Glas von sich, während sie erneut seine Visitenkarte studierte. Eigentlich müsste sie glücklich sein, schließlich hielt sie seine Daten in der Hand und war ausdrücklich von ihm aufgefordert worden, ihn zu kontaktieren. Auf der anderen Seite war das gar nichts. Das tat er sicherlich jeden Tag wer weiß wie oft. Diesmal war es nun eben das Mädchen von der Eisdiele. Morgen die vom Bahnhof, wer wusste das schon.

In der nächsten Buchhandlung bestellte sie *Venus im Pelz*, *Die Liebe des Plato* und *Marzella oder das Märchen vom Glück*. Sie musste sich schließlich informieren, wenn sie ihn etwas fragen wollte – zumal sie von Sacher-Masoch noch keine Zeile gelesen hatte. Und eigentlich hatte sie auch keine Lust auf Sacher-Masoch, sie beschäftigte sich gerade mit Goethes *Wilhelm Meisters Lehrjahre*, dem Prototyp des deutschen Bildungsromans. Da kam ihr ein Sacher-Masoch völlig ungelegen.

Aber würde Stein eine solche Themenwandlung verstehen?

Sie nahm sich vor, möglichst bald eine intelligente Frage zu mailen. Zu Hause vertiefte sie sich abwechselnd in Goethe und Sacher-Masoch und befürchtete, die beiden bald durcheinanderzubringen.

Leonie nahm sich vor, niemandem von ihrem Treffen zu erzählen. Es kam ihr selbst so unwirklich vor – und sie hatte ja auch nicht wirklich etwas zu erzählen. Er hatte sich angeboten, ihr zu helfen. Mehr nicht.

Nach zwei Wochen fühlte sie sich so weit, Alexander eine ernsthafte Frage stellen zu können. Sie veränderte die Mail mindestens zehnmal, bevor sie sie endlich losschickte. Schon die Anrede war ein Problem. »Lieber, Sehr geehrter, Hallo, Hi«, alles schien ihr völlig unpassend. Schließlich einigte sie sich mit sich selbst auf »Guten Abend, Alexander Stein« und schickte die Mail auch erst kurz vor Mitternacht los. »Es war gar nicht Leopold Ritter von Sacher-Masoch, der den Begriff vom Masochismus geprägt hat«, schrieb sie, »im Gegenteil, er und seine Anhänger wehrten sich dagegen. Empfinden Sie seine Literatur als masochistisch – im heutigen Sinne?«

Schneller als gedacht kam die Antwort. Am nächsten Morgen gleich las sie: »Liebe Leonie.« Er schrieb »liebe«, dachte sie und las weiter: »Diesen Begriff hatte er einem Psychiater zu verdanken. In der aktuellen Literaturgeschichte skizziert der Autor Martin A. Hainz mit Sacher-Masoch eine Theorie der Erotik: ›Liebe ist Spiel, ist Non-Idealität. Liebe als Nicht-Spiel wäre tot. Das Leben der Liebe besteht darin, dass aus den partialen Trieben,

Energien und Strategien nicht auf das geschlossen werden kann, wozu sie sich gefügt haben werden.‹ (Hainz: *Cave Carnem*). Hilft Ihnen das weiter?«

Die E-Mails flogen hin und her, schweiften von der Literatur ab, er fragte sie nach ihrem Leben, ihren Vorlieben, ihren Freunden. Und dann kündigte er einen Besuch an. »Vielleicht sollten wir in dieser Eisdiele noch einmal einen Kaffee trinken«, schrieb er.

»Es war kein Kaffee«, dachte Leonie, »sondern ein Eisbecher«, aber trotzdem fuhr sie von ihrem PC hoch. Er wollte sie besuchen, das war unglaublich! Sie begutachtete sich kritisch im Spiegel, dann lief sie zum nächsten Zeitungskiosk und deckte sich mit Frauenzeitschriften ein. Es war Sommer, und sie waren voll von Bikinidiäten. Vier Kilo, dachte sie, vier Kilo, das musst du schaffen. Ihr nächstes Ziel war das Sportgeschäft um die Ecke. Laufschuhe und eine Jogginghose. Ein Vermögen, dachte sie. Aber seine Ankündigung gab ihr Auftrieb, und ihr Budget war für diesen Monat noch nicht völlig ausgeschöpft.

Auf ihrem winzigen Balkon blätterte sie die Zeitschriften durch. »Die neuen Wundersuppen« stachen ihr ins Auge. Sieben Pfund in fünf Tagen. Sie lief an ihren PC zurück.

»Wann wollen Sie kommen?«, schrieb sie. Und begann vor Aufregung zu zittern, als er »in zehn Tagen« zurückschrieb. »Passt Ihnen das?«

Sie bejahte und ging sofort einkaufen. Schokolade und Eis waren gestrichen. Sie hatte sich für die »Sämige Kartoffelsuppe« entschieden. Und wenn das nicht reichen sollte, würde sie noch die »Kohlsuppe« dranhängen. Außerdem jeden Abend eine Runde durch den Wald. Bauchgymnastik könnte auch nicht schaden, sie würde die Zeitschriften noch einmal durchblättern, sicherlich fand sich etwas Entsprechendes.

In den nächsten fünf Tagen lernte sie sich kennen. Ihr Heißhunger trieb sie zwischendurch an den Kühlschrank, aber weil nichts drin war, musste sie sich auch nicht bezähmen. Wenn es ganz schlimm wurde, lief sie durch den Wald. Das war noch grausamer, als auf die Auslagen der Bäckereien zu starren und an den kleinen Pizzaständen vorbeizulaufen. Zum Lesen kam sie nicht, sie hatte vollauf mit sich und ihrem Körper zu tun. Nachdem sie die ersten fünf Tage durchgehalten hatte, wurde es leichter.

Abgenommen hatte sie noch nichts, aber sie ließ sich nicht entmutigen. Schließlich war das Fett jahrelang auf ihren Hüften gewachsen, es brauchte nun zum Verschwinden einfach ein bisschen länger. Sie verdoppelte ihre Anstrengung. Morgens Bodengymnastik, abends Joggen. Und immer, wenn sie schwach werden wollte, rief sie sich seine Figur ins Gedächtnis. Wenn sie wirklich eine Chance haben wollte, dann sicherlich nicht als Pummelchen im Schottenrock.

Am neunten Tag stand sie auf der Waage. Den Versprechungen nach hätten es jetzt sieben Kilo sein müssen, und es waren immerhin fast vier. Leonie lief sofort vor den Spiegel und drehte sich. Ja, die Hüften und die Oberschenkel waren schlanker geworden. Und auch die Taille. Sie freute sich. Im Gesicht sah man es auch. Sie ging, was sie noch nie getan hatte, auf die Bank und holte sich von dem Notfallgeld, das sie auf einem Sparbuch deponiert hatte. Es war ja ein Notfall. Ein großer Notfall sogar.

In einer Boutique, in der sie noch nie gewesen war, kaufte sie sich eine leichte Sommerhose und ein eng anliegendes T-Shirt. Sie drehte sich vor dem Spiegel und war begeistert. Bei H&M spendierte sie sich neue Unterwäsche, und bei dem Meisterfriseur nebenan gönnte sie sich einen angesagten Stufenschnitt. Auf dem Heimweg lief sie an einem Tattoostudio vorbei und lächelte. Zum Thema »Haut« hatte sie auch einiges getan – Sonnenbäder und reichhaltige Cremes.

Sie prüfte sich vor dem Spiegel und fühlte sich wie neu geboren. Leonie in der Blüte ihrer Schönheit, dachte sie und schwor sich, die neuen Maße zu halten.

In dieser Nacht fand sie keinen Schlaf, so aufgeregt war sie. Sie hatten sich für den Sonntag um vier Uhr an ihrer Eisdiele verabredet. Den ganzen Morgen überprüfte sie ihre Figur, ihre Kleidung und ihr Make-up. Sie hatte nichts gegessen, und so war sogar ein Stückchen Bauchfreiheit möglich. Nicht viel, nur so der Hauch, eine Andeutung.

Und sie hatte sich noch einmal ausführlich über Sacher-Masoch informiert. Zumindest würde sie eine gute Gesprächspartnerin abgeben. Sie kannte sein Leben und seine Werke und auch alles, was mit Masochismus zusammenhing.

Bestens präpariert steuerte sie Punkt vier auf die Eisdiele zu. Diesmal waren noch einige Tische frei, und sie erkannte ihn sofort. Er trug ein weißes Hemd zur grauen Jeans und sah schon aus der Entfernung hinreißend aus. Sie kam von der Seite, weil sie ihn überraschen wollte.

»Da bin ich«, sagte sie fröhlich, und er drehte sich nach ihr um.

»Oh, hallo«, antwortete er, »wie schön!«

Alexander stand auf, um ihr die Hand zu geben. Aber seine Miene sagte ihr, dass etwas nicht stimmte.

»Bin ich zu spät?«, fragte sie schuldbewusst.

»Nein«, sagte er leicht irritiert. »Überhaupt nicht. Alles wunderbar. Setzen Sie sich doch!«

»Aber Sie … entschuldigen Sie, Sie haben mich gerade so merkwürdig angesehen …«

Alexander hielt noch immer ihre Hand. »Ich habe mich nur etwas erschrocken«, sagte er dann. »Aber sicherlich waren Sie krank, Sie Ärmste. Denn anders ist es ja wohl nicht zu erklären …«

»Was denn?«, fragte Leonie nun ebenfalls erschrocken.

Er zögerte erst, doch dann platzte es aus ihm heraus: »Wo haben Sie denn Ihre tolle Vollweibfigur gelassen?«

STÜRMISCH UND HEITER

Die Eingangstür wurde aufgerissen, und ein aufgeregter, klatschnasser Mann stürzte herein. Er blieb mitten im Raum stehen, suchend, während der Sturm von draußen hereinpfiff, sich in den weißen Tischtüchern verfing und einige Kerzen ausblies. Die Gespräche verstummten, und die Augen der wenigen Gäste richteten sich auf den Fremden.

»Da draußen treibt ein großes Schiff durch das Bojenfeld – hat sich wohl losgerissen!«

Die Bedienung war die Erste, die erfasste, um was es ging. Sofort lief die junge Frau in die Küche.

»Harry! Draußen schwimmt ein losgerissenes Schiff durchs Bojenfeld!«

Harry schaute kurz auf seine Pfannen und Töpfe, drehte die Temperatur herunter, rückte einen Topf etwas zur Seite und lief dann durchs Restaurant zu der noch immer offen stehenden Tür hinaus ins Freie. Dort hätte ihn der Sturm fast zurückgeworfen, und er musste sich gegen die Böen stemmen, die den See aufpeitschten und an den Laternen der Strandpromenade zerrten. Die Nacht war, abgesehen von einigen wenigen Lichtinseln, stockdunkel. Harry hielt sich die Hand vor die Augen, um sie vor dem prasselnden Regen zu schützen.

»Wo?«, fragte er den Mann, der mit ihm hinausgerannt war.

»Da vorn!« Sie liefen gemeinsam an das Ufer, und tatsächlich: Das weiße Schiff war trotz der Dunkelheit gut auszumachen. Es glitt zwischen den festgemachten Segelbooten hindurch, eine lange, schnittige Motorjacht.

»Die gehört hier niemandem«, sagte Harry und schob seine Gundel ins Wasser.

Die Wellen rissen das lang geschnittene Holzboot hoch und drohten es an den Strand zurückzuwerfen, aber der Unbekannte hielt es fest und zog sich über die Kante hoch ins Innere, als der Außenbordmotor lief. Sie machten schnelle Fahrt auf das Bojenfeld zu. Die Segelboote tanzten und rissen mit jeder neuen Welle ungestüm an ihren Bojen.

»Dort ist es!«, schrie der Fremde gegen den Sturm an und zeigte nach vorn.

»Ist es Ihres?«, fragte Harry, der Vollgas gab, um seine Gundel auf Kurs zu halten.

Der Sturm verschluckte die Antwort, und Harry musste sich konzentrieren, um nicht mit einem der schaukelnden Segelschiffe zusammenzustoßen. Sie hatten das Motorboot bald eingeholt, es war eine Sunseeker, eine lange, zigarrenförmige Jacht. Sie hing mit der Spitze an einem Segelboot fest, das war die Chance, um auf sie hinaufzuklettern. Harry legte sein Boot längsseits, aber die Schiffe schaukelten wie wild und stiegen in der schäumenden Gischt im entgegengesetzten Rhythmus auf und nieder.

Der Fremde wartete einen geeigneten Zeitpunkt ab, dann sprang er, griff nach der Reling und schwang sich an Bord der Sunseeker.

»Können Sie damit umgehen?«, schrie Harry ihm hinterher.

»Wenn ein Schlüssel steckt, schon!«

»Dort vorne an den Anlegersteg, zu Baumann!«

Harry versuchte, seine Gundel längsseits zu halten, was nicht einfach war, aber er hielt sich mit aller Kraft fest und ließ erst los, als er das Aufheulen der schweren Motoren vernahm.

Die Sunseeker löste sich von der Segeljacht und schlängelte sich durch die Boote hindurch in Richtung Steg. Harry sah ihr nach, wie sie als heller Schatten und ohne Positionslichter übers Wasser glitt. Dann fuhr er zum Strand zurück. Eine große Welle half ihm, die Gundel auf den Kies zu schieben. Es knirschte beängstigend, aber so saß sie wenigstens fest.

Harrys erster Gedanke war, an den Steg zu laufen, um beim Festmachen der Sunseeker zu helfen. Allein schien es schier unmöglich. Bei dem Sturm würde die große Jacht womöglich stranden. Der zweite Gedanke galt seinen Gästen und dem Essen, das noch auf seinem Herd stand. Trotzdem rannte er zum Steg.

Der Fremde hatte es geschafft, die Motorjacht längs an die Dalben zu legen. Ganz unerfahren war er also nicht. Ihren Bug hatte er bereits festgelegt, und nun warf er Harry eine Leine für das Heck zu. Während Harry das

Schiff zum Steg zog, kam der Fremde hastig die schmale eiserne Leiter hochgeklettert.

»Scheiße!«, schrie er, kaum dass er oben war. »Da ist eine Leiche drin!«

»Eine Leiche?« Harry glaubte, nicht richtig gehört zu haben, aber noch immer tobte der Sturm mit unverminderter Kraft, und das Sausen und Zischen gellte ihm in den Ohren.

»Ich rufe die Polizei«, schrie er und rannte los, seine weiße Kochjacke am Hals zuhaltend. Der peitschende Regen war kalt und die Nässe unangenehm, und beim Gedanken an eine Leiche schauderte er.

Als er bei seinem Restaurant ankam, war er allein.

DLRG und Wasserschutzpolizei waren schon von den Gästen benachrichtigt worden, die aufgeregt diskutierten und immer wieder zu den Fenstern hinausschauten. Ins Freie wollte bei dem Wetter niemand. Harry gab Nachricht, dass das Schiff geborgen war, und kochte weiter, bis die Kripo eintraf.

»Eine Leiche?«, fragte der Mann, der sich als Kommissar Stiefel auswies und sich in der kleinen Küche hinter Harry stellte, was der beim Kochen überhaupt nicht ausstehen konnte.

»Sagte der Mann, der das Schiff mit mir barg. Ich habe es nicht nachgeprüft!«

Er zog einen in Folie gewickelten Fisch aus dem Backofen, öffnete die Folie und würzte den Felchen mit schnellen Bewegungen. »Ein Pils?«, fragte er nach hinten, um den Gast loszuwerden.

»Danke, ich bin im Dienst. Und wo ist dieser Mann jetzt?«

»Keine Ahnung. Ich kannte ihn nicht, und er hat sich mir auch nicht vorgestellt. Er hat«, Harry richtete den Felchen auf einem Teller an und füllte ein Gefäß mit klein geschnittenen Salzkartoffeln, »mit mir lediglich das Schiff gerettet und am Steg festgemacht. Dann hat er mir zugeschrien, dass eine Leiche drin sei. Das ist alles.«

»Wie genau?«

»Scheiße! Da ist eine Leiche drin!« Harry drehte sich nach Kommissar Stiefel um. »Nachschauen müssen Sie schon selbst.«

»Meine Leute sind schon dort«, erklärte der Kommissar und trat zur Seite, um die Bedienung mit dem Fisch und den Kartoffeln vorbeizulassen. »Aber sie haben keine Leiche gefunden!«

»Keine Leiche?« Harry blickte auf. »Wieso sagt er dann so was?«

»Ich dachte, das könnten Sie mir vielleicht sagen.«

»Ich?« Harrys Augen wurden schmal. »Ich bin hier nur der Koch! Kein Wahrsager!«

Halb Allensbach war am nächsten Morgen am Steg versammelt, weil die Nachricht wie ein Lauffeuer durch die Gemeinde ging. Und jeder, der es aus erster Hand wissen wollte, ging zu Harry ins *Seecafé*. Bald war die Terrasse überfüllt, und Harry verzog sich schweigsam in seine Küche.

Der Sturm hatte sich gelegt, die Sonne stand strahlend über dem See, und die Hegauberge waren klar zu sehen, aber niemand hatte Augen dafür. Jeder wollte wissen, wo die Leiche abgeblieben war.

»Und wenn es gar keine Leiche gab?«, mutmaßte Roland Baumann, der mit seiner Familie ein kleines Schiffahrtsunternehmen und den Anlegesteg betrieb. Er stand mit dem Kommissar auf der Mole und schaute auf die Menschen, die von einem rot-weiß gestreiften Plastikband auf Abstand zum Anlegesteg gehalten wurden. Dem einen oder anderen nickte er auf die Entfernung zu.

»Das klärt nachher die Spurensicherung«, erläuterte Kommissar Stiefel und rieb sich die ohnehin schon roten Augen. »Wenn eine Leiche da war, gibt es auch Spuren.«

Roland nickte. »Schweizer Kennzeichen – wissen Sie denn schon, wem das Schiff gehört?«

Sie schauten beide zu der Sunseeker hinüber, die inzwischen ordentlich zwischen die Dalben gelegt worden war. Sie glänzte in der Sonne, hatte einige Schrammen und Macken, aber keinen wirklichen Schaden. Auch die anderen Jachten schienen von ihr nicht ernstlich beschädigt worden zu sein.

Stiefel räusperte sich. »Einem Herrn Spinelli aus Zürich. Sagt Ihnen der Name etwas?«

Roland horchte auf, dann nickte er. »Er hatte für eine Nacht einen Liegeplatz gebucht. Ich dachte, er kommt wegen der Sturmwarnung nicht mehr.« Er fuhr sich durch die kurzen Haare. »War dann Spinelli die Leiche?«

Stiefel zuckte die Schulter. »Keine Leiche!«

»Kommissar Stiefel!« Einer der Beamten kam aus dem Schiff geklettert. Er winkte aufgeregt.

»Das wird der Spurensicherung bestimmt nicht gefallen«, sagte Roland. »In jedem Krimi hört man, dass Polizisten selbst die Spuren verwischen.«

»Das hier ist kein Krimi!«

Er ließ Roland stehen und stieg über die Abgrenzung. Der Polizist kam schnell auf ihn zu, seine Allensbacher Kollegen Buchholz und Scholz standen neben ihnen.

»Wir haben einen Koffer gefunden. Voll mit Geld!«

»Wie viel?«

»Dreißigtausend Franken!«

Stiefel pfiff durch die Zähne und wurde wach. »Versteckt?«

»Nicht wirklich. Im Schrank!«

»Keine Leiche, aber Geld! Und nicht zu wenig!« Er nickte dem Polizisten zu. »Gute Arbeit, danke!«

Auch diese Nachricht verbreitete sich schneller, als es Stiefel lieb war. Im Rathaus wurde der Bürgermeister hellhörig. Er führte einige Telefonate, dann ließ er den Kommissar zu sich bitten.

Mit einer Tasse Kaffee sank Gerd Stiefel dankbar in den Sessel, den ihm der Bürgermeister anbot. Er spürte, wie es ihm in der Nase kitzelte. Irgendwelche Pollen waren durch das weit geöffnete Fenster hereingeflogen. Er warf einen Blick hinaus, eine Kastanie hatte ihre grüne Pracht genau vor dem Bürgermeisterzimmer entfaltet. War er nun auch schon gegen Kastanien allergisch? Er suchte in seiner Hosentasche nach einem Taschentuch, griff dann schnell zu der Papierserviette, die neben seiner Kaffeetasse lag.

»Gesundheit!«, sagte Bürgermeister Kennerknecht.

»Entschuldigung«, erwiderte Stiefel und putzte sich ausgiebig die Nase. »Also Spinelli!«, begann er.

»Ein Bruno Spinelli hat hier bei der Gemeinde einen Antrag gestellt. Das hat ziemlich viel Wirbel verursacht!«

Stiefel rückte etwas vor. »Was für einen Antrag?«

»Er wollte im Industriegebiet einen Swingerklub eröffnen!«

Stiefel nieste. »Einen Swingerklub!«, wiederholte er. »Hier in Allensbach! Brauchen die Allensbacher so was denn?«

Der Bürgermeister reichte ihm eine Packung Tempos. »Wo denken Sie hin! Es gab einen Sturm der Entrüstung!«

»Aha!« Stiefel schaute ihn erwartungsvoll an. »Und? Was denken Sie?«

»Nun, nicht alle waren entrüstet. Schließlich bringt ein gut gehendes Unternehmen auch Geld. Gewerbesteuer, Grundsteuer – Sie verstehen schon.«

»Oder dreißigtausend Franken in bar!«

»Ich verstehe nicht ...«

»Kommt dieser Antrag zur Abstimmung? Bei einer Gemeinderatssitzung – oder wie läuft das?«

»Im Prinzip genau so.«

»Und wie sieht die Lage aus?«

Helmut Kennerknecht zuckte die Achseln. »Theoretisch wird das Vorhaben abgelehnt – aber praktisch? Ich kann in die Köpfe meiner Gemeinderäte nicht hineinsehen. Manche nehmen die Dinge auch etwas lockerer.«

Stiefel trank den letzten Schluck Kaffee und stand auf.

»Danke«, sagte er. »Sie haben mir sehr geholfen.«

Stiefel ging gerade die wenigen Schritte vom Rathaus zur Seepromenade, als sein Handy klingelte. Sein Schweizer Kollege, den er am frühen Morgen um Informationen gebeten hatte, bellte einen Gruß durch den Lautsprecher. Stiefel hielt sich das Handy etwas vom Ohr.

»Bruno Spinelli ist natürlich eine … wie soll ich sagen … Größe in Zürich. Wenn auch eine zweifelhafte Größe … will sagen, eine Größe im Züricher Rotlichtmilieu. Ihm gehören mehrere Bars und Kasinos – und was sonst noch so läuft, läuft hinter unserem Rücken.« Er holte tief Luft. »Wir haben angerufen. Bruno Spinelli ist auf Geschäftsreise. Sein Sohn Casimir auch. Seine Frau spricht nicht mit uns, ich müsste sie vorladen. Nur über ihren Anwalt, sagt sie. Und der sagt, nur mit berechtigtem Grund.«

Stiefel schwieg.

»Haben wir einen berechtigten Grund?«, hörte er seinen Kollegen fragen.

Stiefel verlangsamte seinen Schritt. Von hier aus konnte er die Sunseeker sehen. Die Spurensicherung war eingetroffen. Endlich, dachte er.

»Inzwischen ist es nicht nur die Leiche, die nicht mehr da ist oder die es nie gegeben hat, sondern auch ein Aktenkoffer voll Geld.«

»So!« Der Schweizer Kollege schien zu überlegen. »Und woher dieses Geld stammt, weiß man nicht?«

»Kein Beleg, keine Ahnung!«

»Aha«, sagte der Schweizer gedehnt.

»Aber vielleicht«, wagte Stiefel einen Vorstoß, »legal von einem seiner Konten abgehoben?«

»Auch in der Schweiz gibt es ein Datenschutzgesetz, Herr Kollege. Und ohne dringenden Tatverdacht?«

Stiefel drehte sich um und lief in die andere Richtung. Im *Seecafé* ging er direkt durch den Gastraum hindurch in die Küche.

»Sie schon wieder«, sagte Harry nur und wendete ein paar safrangelbe Nüdeli.

»Ist schon Mittag?«, fragte Stiefel und fasste sich an den Bauch.

»Ich koche den ganzen Tag«, erwiderte Harry und klappte sein Dampfgerät auf.

»Wenn Sie nicht gerade Schiffe bergen …«, konterte Stiefel, und es war das erste Lächeln, das sie austauschten.

»Nun gut!« Harry klappte das Gerät zu, drehte sich zu Stiefel um und verschränkte die Arme. »Was wollen Sie wissen? Die Menükarte von heute?«

»Liebend gern!« Stiefel nickte und ließ seinen Blick sehnsüchtig über die Speisen gleiten, die an der Ausgabe auf den Service warteten.

»Wie alt war der Mann?«

»So wie ich?« Harry runzelte kurz die Stirn. »Etwa vierzig? Es war dunkel. Es hat geregnet. Er war behände, recht schnell. Und kräftig – er hat die Gundel gegen den Sturm gehalten. Alt war er jedenfalls nicht.«

»Was geht schnell?«

»Schnell? Nichts! Fastfood gibt es hier nicht!«

Stiefel nickte.

»Ich koche hier allein. Alles frisch. Das braucht Zeit!«

Stiefel nickte erneut.

Harry nahm einen Teller, hob ein Stück Fleisch aus der

Pfanne, legte einige der goldgelben Nüdeli dazu und goss etwas Soße darüber. Dann reichte er es Stiefel. »Besteck liegt in dem Kasten!«

Stiefel stellte den Teller auf der Eistruhe ab und aß schweigend. »Ausgezeichnet«, sagte er dann.

Die Spurensicherung war sich sicher. Es gab keine Leiche. Sie fand weder einen Hinweis auf Blut noch auf einen hinausgezogenen Körper oder auf einen Kampf. Nichts.

»Warum hat dieser Typ dann eine Leiche gesehen?«, fragte Stiefel.

Oser zog seine Latexhandschuhe aus. »Vielleicht wollte er sichergehen, dass die Kripo kommt?«

Stiefel starrte ihn an.

»Wenn es keine Leiche gibt, können wir den Fall an die Allensbacher Polizei übergeben. Ein Amok laufendes Schiff. Ein paar Schäden wird es geben, sicherlich finden die Eigentümer der betreffenden Segeljachten etwas, das sie bei Spinellis Versicherung angeben können.«

»Es gibt immer was«, sagte Oser.

»Eben!«

»Und selten eine solche Gelegenheit.«

»Eben!«

Sie nickten sich zu.

Bernd Oser gab seinen Leuten das Zeichen zum Einpacken, und Stiefel setzte sich auf die Bank, die am Baumann'schen Schiffsgebäude angebracht war. Er streckte die Beine aus und betrachtete die Sunseeker.

Schönes Schiff, dachte er. Wie viel es wohl kosten mag? Reicht eine halbe Million? Er schaute auf seine Schuhe, die abgelaufen und stumpf waren, und zog die Beine unter die Bank.

»Dreißigtausend Franken?«, sagte eine Stimme neben ihm. Er blickte hoch. Eine Frau in einer engen Bluse und in Jeans. Schulterlanges, dunkles Haar, schlank. Er schätzte sie auf etwa dreißig.

»Darf ich mich setzen?«

»Aber bitte doch.« Stiefel rutschte ein Stück, obwohl es gar nicht nötig gewesen wäre.

»Dreißigtausend Franken sind viel Geld«, erklärte die Frau und warf ihm einen bedeutungsvollen Blick zu.

»Finde ich auch«, entgegnete Stiefel und wartete ab.

»Man kann mit Geld auch Leute überzeugen!«

»Wie meinen Sie das?«

Sie sah sich um. »Nun, man kann einen Koffer Geld nehmen, auf ein Schiff steigen, dort anlegen, wo man ein Geschäft machen will«, sie senkte die Stimme, »und schon klappt das Geschäft!«

»Sie meinen den Swingerklub?«

Sie lächelte leicht, ihre Augen blieben ernst.

»Sie sprechen von Bestechung?«

»Was sind dreißigtausend Franken, wenn es um eine Goldgrube geht. Das hat man schnell wieder drin!«

Stiefel schwieg. Dann stützte er seine Ellbogen auf die Knie und legte sein Kinn in die Hände. Der Rücken tat ihm weh. Und die Augen brannten. Er sollte dringend einmal zur Kur. Jeder Trottel nahm dieses Recht in Anspruch. Nur er lief falschen Leichen nach.

»Haben Sie einen Verdacht?«, fragte er und schaute sie von unten herauf an. »Vielleicht jemand, der am lautesten gegen den Swingerklub tönt? Vielleicht sollte die Summe auch gesplittet werden?«

»Sie meinen, wie ein lauer Sommerregen? Jeder bekommt etwas ab?«

Stiefel stöhnte und richtete sich langsam auf. »Das würde bedeuten, ich müsste mit jedem Einzelnen reden. Mit jedem Gemeinderat und jeder Gemeinderätin.« War das überhaupt seine Aufgabe? Das könnten sicherlich die Allensbacher Kollegen übernehmen, zumal die ihre Pappenheimer genau kannten. Er schaute zum Steg hinüber. Keine grüne Uniform war mehr zu sehen. Ein Blick auf die Uhr bestätigte ihm seine Vermutung. Ein Uhr. Jeder anständige Beamte hatte jetzt Mittag. Nur er nicht.

»Ich glaube, da schaut jetzt jeder auf jeden. Die Aufregung ist groß, und jeder hat einen anderen im Verdacht.« Jetzt lächelten auch ihre Augen.

»Sind Sie auch in diesem Verein?«, wollte Stiefel wissen.

»Nein!« Sie schüttelte den Kopf. »Ich bin Journalistin. Aber ich denke, da tut sich was«, sagte sie. »Allensbach ist zum Versteckspiel nicht groß genug. Ich denke, Sie müssen einfach nur abwarten!«

Stiefel nickte. Er würde zunächst einmal abwarten, bis die Herren Spinelli wieder zu erreichen waren. Vielleicht löste sich ja alles ganz von selbst. Bruno Spinelli wollte seiner Frau in Schaffhausen eine Uhr kaufen. Oder der Sohn hatte sein Taschengeld an Bord vergessen.

Etwas trieb Kommissar Stiefel zum *Seecafé* zurück. Die Nüdeli hatten seinen Appetit angeregt. Er hatte Heißhunger auf mehr. Die eingedeckten Gartentische waren voll besetzt. Stiefel sah sich sehnsüchtig um, aber es war kein einziger Platz mehr frei, das Wetter war zu schön. Widerwillig ging er in das Restaurant. Auch hier schien alles besetzt. Aus dem Nebenraum drangen laute Stimmen. Stiefel warf einen Blick hinein. Zahlreiche Männer und Frauen saßen an einer langen Tafel und debattierten. Die Ersten, die ihn erkannten, verstummten, und schließlich waren alle still und schauten zu ihm herüber. Am liebsten wäre er wieder gegangen. Er hatte sich nach einem stillen Plätzchen und nicht nach einem Auftritt gesehnt.

Stiefel machte ein paar Schritte nach vorn, stand am Kopfende des langen Tisches und grüßte. »Ich nehme an, Sie sind die Damen und Herren vom Gemeinderat«, begann er. »Ich nehme an, Sie sind mit dem Fall«, er stockte, »hm, mit dem Koffer beschäftigt.« Es kam keine Antwort. »Wenn Sie irgendwelche Erkenntnisse haben, wäre ich Ihnen für jede Information dankbar!« Er schaute betont freundlich in die Runde. »Es können auch Einzelgespräche sein«, sagte er. »Vertraulich, versteht sich!« Damit deutete er eine kleine Verbeugung an und ging. Er war kaum außer Sichtweite, da hörte er erregte Einzelstimmen und gleich darauf eine ganze Stimmenarmada. Zu gern hätte er gelauscht, aber er ging weiter. Kurz vor dem Ausgang fing ihn die Chefin ab. Das hatte er schon mitgekriegt – auf dieser Seite der Küchentür lag ihr Reich.

»Sie werden doch nicht schon gehen«, sagte sie und schaute ihn groß an.

»Ich möchte nicht, aber ich finde keinen Platz!«

Sie lächelte, und ihre Augen hielten ihn weiter fest. »Natürlich haben wir für Sie Platz«, sagte sie, als ob zwei Drittel der Stühle leer wären. »Geben Sie mir drei Minuten!«

»Auch fünf!«

»Drei reichen!«

Er schaute zu, wie sie in Windeseile einen kleinen runden Tisch aus einer Ecke zauberte, ein weißes Tischtuch darüber legte und einen Stuhl davor stellte.

»Hier bitte«, sagte sie und strahlte ihn an. »Tisch zwölf. Nur für unsere prominenten Gäste!«

Stiefel grinste. Prominent war er nicht. Aber Tisch zwölf gefiel ihm.

Mit der Speisekarte brachte sie eine kleine Vase mit schnittfrischen Veilchen. »Was darf ich Ihnen als Aperitif anbieten?« Sie klang so ruhig und aufgeräumt, als sei er der einzige Gast weit und breit. Und so fühlte er sich auch.

Stiefel hatte den frisch filetierten Fisch an einer leichten Schnittlauchsauce gerade vor sich, als sein Handy klingelte. Das war lästig. Besonders jetzt. Er nahm einen kleinen Bissen, bevor er dranging.

»Spinelli!«

Stiefel verschluckte sich. »Sehr gut«, sagte er mit belegter Stimme und kämpfte gegen den Hustenreiz. »Sind Sie wieder in Zürich?« Stiefel legte die Hand auf das Handy und hustete das Stück Fisch aus, das sich in seine Luftröhre verirrt hatte.

»Die Züricher Stadtpolizei ließ mir Ihre Telefonnummer übermitteln. Ich höre, es gab Schwierigkeiten mit meinem Boot?«

»Nicht nur mit Ihrem Boot. Zunächst sah es so aus, als läge auch noch eine Leiche drin. Es hätte Ihre sein können.«

»Ich erfreue mich bester Gesundheit!«

»Wir sind ebenfalls erfreut!« Stiefel betrachtete mit Bedauern seinen Fisch.

»Ein Koffer mit dreißigtausend Franken gibt uns allerdings Rätsel auf. Vielleicht können Sie uns weiterhelfen. Was wollten Sie mit dem Geld in Allensbach?«

»Wie kommen Sie darauf, dass ich damit nach Allensbach wollte?«

»Für Ihr Schiff war für die vergangene Nacht ein Liegeplatz gebucht, und das Geld befand sich an Bord. Was soll ich denken? Helfen Sie mir!«

Es war kurz still.

»Dieser Sache muss ich zunächst einmal selbst nachgehen, ich melde mich wieder!«

Stiefel nickte. »Das kommt mir sehr entgegen«, sagte er und schob sein Handy tief in die Tasche.

Zum Kaffee klingelte es erneut. Eine Schweizer Nummer. Stiefel wickelte erst die kleine Schokolade aus, die auf seinem Untertassenrand gelegen hatte, dann ging er dran.

»Spinelli.«

»Ich dachte es mir. Schön.«

»Weniger schön. Eine dumme Geschichte. Ich komme. Wo finde ich Sie?«

»In Allensbach. Im *Seecafé*. Der Gemeinderat ist auch da. Vollständig versammelt.«

Es war einige Sekunden still am anderen Ende. Erst dann wurde aufgelegt.

Stiefel grinste.

Es war ein dunkelblauer Maserati Quattroporte, der mit sonorem Brummen die Gasse entlanggefahren kam und auf dem Kiesparkplatz vor dem Café ausrollte. Ein Chauffeur öffnete den hinteren Wagenschlag, ein lässig gekleideter Mann Anfang sechzig stieg aus. In azurblauem Poloshirt und heller Hose kam er betont jugendlich federnd über den Platz.

Stiefel ging ihm entgegen.

»Bruno Spinelli«, stellte sich sein Gegenüber vor und streckte ihm seine gebräunte Rechte zu einem männlich-kräftigen Händedruck hin. Stiefel schlug ein und nickte.

»Das Interesse ist hier nun etwas größer geworden als anfangs vermutet«, sagte er, während er Spinelli vorausging.

Spinelli strich sich mit der flachen Hand über seine angegrauten Schläfen. »Ich hatte hier immer auf positives Interesse gehofft«, sagte er langsam, »denn ich gehe ja davon aus, dass der Bürgermeister Sie über meine diesbezüglichen Geschäftspläne informiert hat.«

Stiefel verlangsamte seinen Schritt. »Hat er!«, sagte er freundlich.

Am Anlegesteg hatte sich der Gemeinderat versammelt, genau so, wie es Stiefel nach seinem Kaffee im Nebenraum angeregt hatte. Die kleine Gruppe schaute den Ankömmlingen schweigend entgegen. Nun war auch der Bürgermeister darunter, dazu die beiden Polizisten und zwei dunkel gekleidete Herren, die etwas abseits standen. Stiefel kannte sie nicht.

»Ihrem Sohn geht es auch gut?«, wollte er von Spinelli wissen. Trotz Osers Befund ging ihm die Geschichte mit der Leiche nicht aus dem Kopf.

»Mein Sohn ist der Grund für diesen Wirbel«, erklärte Spinelli verhalten. Dann wies er mit dem Finger zum Steg. »Was sollen all die Leute hier?« Er blieb stehen. »Ich dachte, wir klären das schnell ...«

»Und ich dachte, dass es sich so schneller klären lässt ...«

»Ist auch egal!« Spinelli setzte sich wieder in Bewegung und steuerte direkt auf den Bürgermeister zu. »Schade, dass wir uns auf diese Weise und nicht bei der Einweihung sehen«, sagte er und reichte Kennerknecht die Hand. Und mit einem Blick zu seinem Schiff: »Sieht doch noch ganz intakt aus. Was soll also diese Aufregung?«

Stiefel stellte sich neben den Bürgermeister, sodass er die Mitglieder des Gemeinderats und Spinelli im Auge hatte.

»Ein Mann meldet ein losgerissenes Boot«, begann er, »hilft bei der Rettungsaktion, meldet eine Leiche und verschwindet. Gefunden wird keine Leiche, aber ein Aktenkoffer voller Geld.« Er schwieg und ließ seinen Blick langsam über die Versammelten gleiten. Einige bekamen eine rötliche Gesichtfarbe, andere gaben seinen Blick unbefangen zurück, manche zeigten eine interessierte Miene, manche blickten völlig unbeteiligt vor sich hin. »Für das Boot war hier ein Liegeplatz gebucht worden – für eine Nacht.

Dass der Koffer hier an Land sollte, erscheint plausibel. Doch wo sollte er hin, und wer steuerte das Boot?«

Alle schauten Spinelli an.

Spinelli verzog das Gesicht und seufzte. »Nun gut, wenn Sie es unbedingt öffentlich aushandeln wollen, ich habe kein Problem damit!«

»Dann bitte, wir sind gespannt.« Stiefel machte eine einladende Handbewegung.

»Mein Sohn Casimir ist jung. Was soll ich sagen, jung und dynamisch. Zu dynamisch!« Spinelli betonte den letzten kurzen Satz und verschränkte die Arme. Alle warteten.

»Er hat das Boot ohne mein Wissen genommen, ich war auf einer Geschäftsreise.« Stiefel nickte bestätigend. »Ich habe ihn vorhin zur Rede gestellt, und er hat es mir gebeichtet.« Er verstummte, schaute Stiefel vielsagend an. »Casimir wollte tatsächlich die Nacht hier verbringen, weil er bei der morgigen öffentlichen Gemeinderatssitzung unsere Sache noch einmal vorbringen wollte. Es ist ja noch nichts entschieden …« Spinelli blickte bedeutungsvoll von einem zum andern.

»Wir wollen hier keinen Swingerklub«, sagte eine männliche Stimme barsch. Und bekam von allen Seiten Zustimmung.

»Ausgerechnet in Allensbach«, entrüstete sich eine Frau. »Gehen Sie doch auf die Reichenau, da gibt es bestimmt ein geeignetes ungenutztes Treibhaus!«

Einer der Polizisten lachte laut.

»Passt doch!«, rechtfertigte sich Helmut Buchholz auf Stiefels Blick hin.

Der wandte sich wieder Spinelli zu. »Nun gut. Und weiter?«

»Delikat«, sagte Spinelli und schaute in die Runde. »Ich möchte hier keinen mit Sexgeschichten verschrecken!«

»Wir sind nicht prüde!«, erklärte ein junger Mann, der die Hände tief in seinen Hosentaschen vergraben hatte, »wir wollen nur keinen Swingerklub. Das ist ein Unterschied!«

»Nun, um es kurz zu machen ...«, Spinelli räusperte sich. »Casimir hat sich mit einer Frau getroffen. Verheiratet, ihr Name soll anonym bleiben.« Er verzog das Gesicht. »Sie hatten ihre Boote auf dem See zusammengelegt ... Sie wissen schon. An den Längsseiten vertäut.« Er brach ab und holte Luft. »Casimir sagt, dass sie nicht bemerkten, dass das Schaukeln nicht mehr nur von ihnen, sondern bereits vom Sturm kam.« Der Erste in der Runde der Gemeinderäte grinste breit. »Und bis sie es bemerkten, war die Sunseeker weg. Hatte sich losgerissen. Es wurde bereits dunkel, und sie sahen sie nicht mehr und fuhren aus Angst vor dem Sturm in den nächsten Hafen.«

»Ah ja«, sagte Stiefel. »Nette Geschichte. Und der Mann?«

»Ist den beiden wohl draufgekommen und hat die Sunseeker losgebunden, vermutet Casimir.«

»Also der Ehemann? Kleine Racheaktion sozusagen?« Stiefel rieb sich die Nase. »Warum sollte er das Schiff dann retten? Naheliegender wäre doch, er würde es versenken – und Ihren Sohn gleich mit, oder? Macht doch nicht wirklich Sinn.«

Einige schüttelten den Kopf.

»Vielleicht hatte er das viele Geld entdeckt und wollte unsere Aufmerksamkeit darauf lenken?« Der Polizist, der vorhin gelacht hatte, schaute Spinelli herausfordernd an.

»Was ist mit dem Geld?«, griff Stiefel den Hinweis auf.

»Geld eben«, sagte Spinelli.

»Die Schweizer Kollegen gehen der Sache gegebenenfalls nach. Dreißigtausend Franken müssen ja irgendwo herkommen. Da gibt es einen Bankauszug mit einer Barauszahlung oder eine beglaubigte Schenkung ... oder ...«, er schien zu überlegen. »Jedenfalls fällt einem ein Koffer voll Geld nicht so einfach in den Schoß.«

»Nun«, Spinelli schaute sich um. »Wenn ich mich recht besinne, wollten wir der katholischen Kirche eine Spende zukommen lassen, auf dass sie Gutes tun möge. Für die Kinder im Ort vielleicht?«

Die beiden Herren am Rande der Gruppe schauten sich überrascht an. »Dann teilen wir das aber«, schlug Pfarrer Alexander vor.

»Ökumenisch?«, fragte sein evangelischer Kollege.

Alexander nickte.

»Gut«, erklärte Hans-Wilhelm Ubbelohde und wand sich Spinelli zu. »Wenn das so ist, bekommen Sie aber eine ordentliche Spendenquittung!«, sagte er.

Stiefel kratzte sich leicht im Nacken und schaute zu den beiden Polizisten.

»Ist damit der Fall geklärt?«, fragte Buchholz.

»Und müssen wir da ein Protokoll anfertigen?«, wollte Scholz wissen.

Stiefel drehte sich zu Spinelli um. »Der Koffer wurde also für einen guten Zweck spazieren gefahren? Als Spende?«

»Wir spenden jedes Jahr einen ähnlich hohen Betrag«, erklärte Bruno Spinelli aufgeräumt. »Warum nicht mal nach Deutschland? Muss ja nicht immer Afrika sein!«

Einige warfen sich Blicke zu, der Bürgermeister schien noch etwas sagen zu wollen, aber Spinelli fasste ihn schnell am Arm und zog ihn mit sich. »Machen Sie mir doch die Freude«, sagte er, »in Zeiten leerer Staatskassen sind die Kommunen doch auf ihre Kirchen angewiesen.«

»Ah ja?«, sagte der Bürgermeister zweifelnd.

»Und bei Gelegenheit«, sagte Spinelli verschwörerisch, aber so laut, dass es alle hören konnten, »machen Sie mich doch mal mit dem Bürgermeister der Insel Reichenau bekannt.«

MONDÄN MIT HUT

Ich bin eine Lustkäuferin. Ich kaufe nur, wenn ich Lust habe. Mit meinem Freund an der Seite gelingt mir das selten, weil er Kleider von der praktischen Seite sieht. »So etwas Ähnliches hast du doch schon!«

Ja, klar, aber was heißt da schon ähnlich? Wenn man auf Jacken steht, darf man auch gern drei davon im Schrank haben. Selbst wenn ein fremdes Auge sie kaum voneinander unterscheiden kann. Aber ich kann es, und das genügt doch!

Wenn ich mit meinem Freund shoppen gehe, erklärt er dem Verkäufer zunächst einmal, was er alles nicht will. Meist bleibt dann nichts mehr übrig. Bei mir ist es genau umgekehrt. Ich lasse zuerst alles auf mich einwirken – und ich gebe zu, am liebsten auf einem gemütlichen Sofa mit einem Gläschen Irgendwas. Ich habe da eine Lieblingsboutique in Singen, in der ich mich kaum bewegen muss. Ich überlasse mich dem Flair, schaue den anderen Kundinnen zu, schlendere ein bisschen an den Kleidungsstücken vorbei, greife mal hier, mal dort, probiere etwas, trinke ein Schlückchen, bis sich die Chefin meiner erbarmt und mir zeigt, was sie alles für mich auf Lager hat. Und dann tappe ich in die Entscheidungsfalle. Überhaupt bin ich bis zum ersten Stück immer sehr resistent. Eigentlich will und brauche ich nichts. Aber komisch, kaum habe ich die erste Bluse, findet sich auch die Hose dazu – und man glaubt es nicht, selbst der passende Schuh. Und das Ganze auch noch einmal in einer anderen Variante – und schließlich auch noch die Jacke, obwohl ich schon drei ähnliche im Schrank habe.

Aber eben nur, wenn ich Lust habe.

Bei meiner siebzehnjährigen Tochter verhält sich das anders. Ich bin nicht der Typ, der sich gern durch große Angebote wühlt und siebenmal aus der Ankleidekabine herauskommen will, weil das Stück entweder zu groß oder zu klein ist. Meine Tochter schon. Sie liebt Outlets – und wen wundert's? Wenn ich mit ihr zu einem Outletcenter fahre, mache ich mich schon vorher darauf gefasst, denn sie ist Zwilling und damit noch viel unentschiedener als ich: Sie kann sich überhaupt nicht entscheiden. Aber sie hat einen großen Vorteil: mich. Ich bin dann nämlich der TT, sprich *Tragetrottel.* Zunächst mal. Später dann der ZT, der *Zahltrottel.* Aber bis es so weit ist, staune ich, welche Energie sie an den Tag legen kann. In der Schule wäre sie damit Primus, das heißt, sie hätte ihr Abitur schon in der Grundschule gemacht. Hier und dort, und das und dies – und wenn ich ihr auch anfänglich klare Verhaltensregeln bezüglich meiner Stellung als ZT gegeben habe, geraten die mit der Zeit in Vergessenheit. Es gibt ja auch immer wieder schöne Sachen, das muss ich selbst zugeben – und wenn man schon mal da ist … »Mama, schau mal!«

Ich will nicht schauen. Ich kenne mich. Wenn ich schaue, ist es schon zu spät.

Und so laufe ich mit einem Arm voller Klamotten durch die Gegend, hänge weg, hole neu, suche andere Farben und stelle fest, dass auch ein Outlet gehörige Preise hat. Also alles wieder auf Anfang, ich trage die Stücke zurück und sehe meiner Tochter an, dass sie nun überlegt, wie sie mich herumkriegen kann. Zieht heute die »Aber-es-ist-doch-so-schön«-Bitte oder die »Warum-sind-wir-dann-eigentlich-hergefahren«-Masche? Jedenfalls hat sie immer etwas auf Lager, und das ist für mich der eigentliche Spaß: wie sie argumentieren und Bedarfsfälle herbeiführen kann, wie sie genau weiß, was alles passiert, wenn sie das Teil nicht bekommt, wie unglücklich sie sein wird, wie sich dieses Unglücklichsein auf alles niederschlagen wird, auf ihre Psyche, ihre Leistung, ihr Leben – und wie sie dann schelmisch grinst und sich freuen kann, wenn sie mich *überzeugt* und mir das Objekt ihrer Begierde abgeluchst hat!

Shoppen macht Spaß. Selbst wenn man sich anschließend fragt, ob man noch alle fünf Sinne zusammen hatte. Hatte man natürlich nicht! Shoppen ist ein kollektiver Ausnahmezustand. Ist etwas für Freundinnen, die sich was zu erzählen haben, die miteinander lachen, ungezwungen sein wollen. Man kann in Kleidern furchtbar blöd oder wunderbar sexy aussehen. Ist das sexy Kleid zu eng, wird ganz schnell furchtbar blöd daraus. Und wenn man das mit seiner besten Freundin durchlebt, sind Lachorgien vorprogrammiert. So albern könnte man mit einem Mann nie sein, der würde gar nicht verstehen, warum man sich überhaupt in einen Fummel zwängt, den man von vornherein nicht haben will. Aber Kleider können den Typ so verändern, dass man sich selbst nicht wiedererkennt. Auch das ist ein Reiz. Der Reiz der zweiten Haut. Mondän mit Hut – die Iffezheimer Variante – oder schräg mit knallgrünem Minirock über pinkfarbenen Röhrenjeans – die Berliner Version. Vielleicht einfach mal so, dass auch der blindeste Partner am Abend bemerkt: »Wie siehst denn du aus?« Bedeutet doch, er nimmt einen wahr – und auch den neuen Fummel. Ist doch schon mal was!

Shoppen hat auch ein bisschen was mit Sammelleidenschaft zu tun. Bei mir jedenfalls. Meine Schwester ist der *Hauruck-und-weg*-Typ und ich bin die *Ist-doch-noch-schön*-Frau. Und – ich geb's auch zu –, es gibt Schuhe in meinem Regal, die zieh ich gar nicht an. Die sind viel zu schön, um damit einfach durch die Straßen zu laufen. Wie kleine Kunstwerke. Hauptsache, man hat sie. Außerdem sind sie höllisch unbequem, sogenannte Sitzschuhe. Höchstens vom Taxi zum Restaurant und wieder zurück und bloß nicht über Pflastersteine! Pflastersteine sind sowieso das Ende jeglicher Eleganz! In Italien haben die Stadtverschönerer inmitten von Pflastersteinorgien wenigstens an breite Steinplatten für italienische Frauenbeine gedacht. Spricht für das mediterrane Feeling. High Heels scheinen männlichen italienischen Augen jedenfalls besser zu gefallen als flache Gesundheitstreter. Was den Schluss nahelegt, dass Männern in Sandalen und Socken solche Feinheiten schlicht egal sind. Oder nicht auffallen – was eigentlich noch schlimmer ist.

Oder die italienischen Stadtverschönerer sind weiblich und denken ganz einfach an ihre eigenen Absätze. Auch nicht schlecht.

Aber zurück zum Shopping: Wir wollen es den Männern nicht verschweigen, es gibt auch die negative Form, den sogenannten Frustkauf. Das ist wie Schokoladeessen. Ein paar Glückshormone gegen ein Wehwehchen. Geht es mir schlecht, gönne ich mir was. Geht es mir ganz schlecht, gönne ich mir eine vierte ähnliche Jacke. Geht es mir dann besser, gönne ich mir das passende T-Shirt dazu, denn ich muss mich ja dafür belohnen, dass es mir jetzt besser geht.

Zu hoch?

Für eine Frau nicht. Das Einzige, was eine Frau bremsen kann, ist Kaufunlust oder ein durchgesacktes Bankkonto. In diesem Fall sollte man den Frust besser mit einer Lustattacke auf den eigenen Mann bekämpfen, das kostet nichts – und auch da klappt er zumindest ein Auge auf. Auf den *eigenen* Mann übrigens deshalb, weil man bei fremden Männern meist eine noch höhere Frustkurve nach sich zieht. Und wie bekämpft man dann die? Schokolade?

Und schließlich: Wer shoppt, beflügelt den Markt. Was täten all die schlauen Manager, Wirtschaftsfachleute und Consultinghengste, wenn Frauen nicht shoppen würden? Die Frauen bestimmen selbst in herkömmlichen Partnerschaften, wann was zu welchem Preis angeschafft wird. Dazu gehören Bücher (danke!) genauso wie Autos. Und so ganz nebenbei mal ein Fummel für die gute Laune. Und von der profitieren dann auch unsere Männer.

Was sagt uns das?

Seid uns dankbar, ihr Männer!

ERSTES PRICKELN

Sie waren jung und unternehmungslustig. Und die Gelegenheit war günstig. Die Party war in vollem Gange, Ludwigs Eltern waren im Urlaub, und Ludwig hatte das Haus für diese Nacht freigegeben. Das fanden alle scharf, und seine Eltern würden es auch nicht erfahren, denn alle hatten versprochen, am nächsten Tag gemeinsam wieder aufzuräumen.

July war gerade fünfzehn geworden und fand schon seit Längerem, dass der sechzehnjährige Paul besonders gut aussah. Sie hatten sich im Schulhof schon mehrfach unterhalten, nickten sich zu, wenn sie sich sahen, und July fand deshalb, dass sie schon ein bisschen miteinander gingen, wenn auch nur ein bisschen. Ein anderes Mädchen war jedenfalls nicht in Sicht, das konnte nur eines heißen: Diese Baustelle gehörte ihr allein.

Paul hatte tatsächlich nichts dagegen, sich etwas näher mit July zu befassen. In der Schule zählte sie zu den Hübschesten, aber was noch mehr zählte, war, dass ihr Busen bereits beachtlich war, er sprang Paul durch die dünnen T-Shirts, die sie trug, förmlich ins Auge. Er hatte schon das eine oder andere Mal ein Gespräch mit ihr angeknüpft, aber immer war sie gegangen, bevor er zum wesentlichen Punkt kommen konnte: Ob sie sich vielleicht mal irgendwo treffen könnten.

July fand es geil, dass er nur Augen für sie hatte. Das fiel ihren Freundinnen natürlich auch auf und erhöhte ihren Stellenwert. Paul war immerhin schon fast zwei Jahre älter, er war also kein schlechter Fang. Ein ganz anderes Kaliber als die Jungs in ihrer Klasse, mit denen man vielleicht mal so ein bisschen aus Spaß herumflirtete, die einen aber nicht wirklich interessierten.

Und nun trafen sie hier aufeinander. July hatte nicht gewusst, dass Paul kommen würde – es aber gehofft. Und auch Paul hatte sich gefreut, July bei Ludwig zu sehen, wenn er es sich auch nicht anmerken ließ. Die coole Masche zog bei den Mädchen am besten, das hatte er inzwischen herausbekommen. Wenn man sie gleich mit Nettigkeiten überschüttete, zogen sie sich zurück.

Obwohl er sie sofort erspäht hatte, tat er eine Weile so, als ob es noch weitaus wichtigere Gesprächspartner gab – allerdings hatte er dabei die ständige Furcht, sie könne zwischenzeitlich gehen. Möglicherweise allein oder, natürlich weitaus schlimmer, mit einem anderen.

Auch sie alberte mit anderen Mädchen herum und schien ihn erst zu bemerken, als er wie zufällig an ihr vorbeiging und mit einem überraschten »Ach, hallooo« vor ihr stehen blieb.

Er gab ein paar Belanglosigkeiten von sich und schaffte es, dass ihre Freundinnen sich zurückzogen und sie allein waren. Jetzt musste er sich anstrengen, das wusste er aus

Erfahrung. Die erste halbe Stunde zählte. Wenn er sie nicht irgendwie mit irgendwas fesseln konnte, würde sie ihn stehen lassen und sich eine andere Unterhaltungsquelle suchen.

Er schaffte es. Sie hing wie gebannt an seinen Lippen, wobei er sich allerdings nicht sicher war, ob sie überhaupt zuhörte. Manchmal schweifte ihr Blick kurz ab. Suchte sie den Blick eines anderen, oder wollte sie sichergehen, dass man sie zusammen sah?

Als Trophäe fühlte er sich nicht, deshalb verwarf er den Gedanken.

Er holte ihr ein Getränk, und als ein langsamer Tanz kam, zog er sie einfach an sich, wenn sie auch nicht wirklich tanzten. Aber sie konnten sich fühlen, und was er da fühlte, war aufregend genug.

Auch July war aufgeregt. Das war der Hammer. Da tanzte er hier vor den anderen mit ihr, somit war die Sache eigentlich besiegelt. Sie würde mit Paul gehen, dem attraktivsten Jungen aus der ganzen Schule. Das war ein echter Knaller. Sie suchte zwischendurch Augenkontakt mit ihren Freundinnen, aber dass sie nicht herübersahen, sagte schon alles. Sie verkniffen sich das, aber nachher würden sie July über jedes Detail ausfragen.

Es wurde immer später. Paul und July saßen seit einer halben Stunde eng nebeneinander auf der Treppe, als Paul plötzlich meinte, die Luft sei zu stickig, er würde gern hinaus in den Garten gehen. July überlegte, was er wohl vorhaben könnte. Falls er mit ihr schlafen wollte, würde sie das nicht tun. Sie hatte keine Verhütungsmittel dabei, und überhaupt, das erste Mal wollte sie sicherlich nicht gleich in der ersten Nacht und dann auch noch irgendwo im Garten. Das stellte sie sich doch anders vor. Trotzdem war sie neugierig und beschloss für sich, dass so ein bisschen Herumfingern schon okay sei, sie fand Pauls Körper ja auch spannend.

Die Nacht war warm, und am Himmel stand eine kleine Mondsichel. Sie gingen langsam und suchend durch den Garten und fanden im hinteren, stockdunklen Teil eine weiche Sitzgelegenheit. Das sah irgendwie gemütlich aus, und sie ließen sich nebeneinander darauf sinken. Es fühlte sich wie ein niedriges Bett an, weich und kuschelig, und Paul zog sich sein Hemd über den Kopf. July streichelte ihm über die Brust, sie war glatt und muskulös. Und noch etwas, ja, sonnendurchglüht. Seine Haut kam ihr ungewöhnlich heiß vor. Sie spürte, wie seine Hände unter ihrem T-Shirt nach ihrem BH tasteten. Jetzt kam die Stunde der Wahrheit. Bekam der den Verschluss auf, ohne endlos herumzuprobieren? Ja, er schaffte es mit wenigen Handgriffen, was eindeutig für ihn sprach. Jetzt war sie gespannt.

Paul schöpfte aus dem Vollen. Das war unglaublich, so schöne, feste Brüste hatte er noch nie gestreichelt. Er befreite sie von Pullover und BH und beugte sich zu ihr hinunter, um mit der Zungenspitze über ihre Brustwarzen zu fahren. Sie zogen sich zusammen und wurden fest, das gefiel ihm.

Vielleicht war es tatsächlich der Beginn einer längeren Geschichte, dachte er. Paul spürte ihre Hand an seiner Hose und war zunächst erstaunt. Mit so einem Draufgängertum hatte er nicht gerechnet, wollte sie vielleicht doch mehr, als er gedacht hatte? Er zog die Jeans aus und fuhr dann vorsichtig mit der Hand unter ihren Rock. Der schmale Slip war kein Hindernis, und er befühlte sie ausgiebig und spürte, wie seine Erregung wuchs.

»Au«, sagte sie plötzlich. »Das brennt!«

Hatte er zu stark gerieben? Die falsche Stelle? Er war verunsichert.

»Au, das ist ja höllisch«, schrie sie und sprang auf.

Verdutzt blieb er sitzen, bis sein Glied in den Boxershorts ebenfalls zu brennen anfing. Auch er sprang erschrocken auf. Mit einer Hand fuhr er an seine Boxershorts, mit der anderen suchte er sein Feuerzeug. Im Licht der kleinen Flamme sahen sie es: Hunderte kleiner Tierchen wuselten auf ihnen herum.

Sie hatten sich in einen großen Ameisenhaufen gesetzt.

IHR NAME WAR SUNNY

Er hatte freundliche Augen, vier Beine, wedelte unablässig und lief uns nach. Meine Tochter war hell entzückt, ich immer weniger, denn was sollte ich mit einem zugelaufenen Hund mitten in einem Ferienort?

Meine Tochter war sechs Jahre alt, und wir machten Ferien auf dem Bauernhof, ganz wie es sich gehört. Ein schöner großer Hof, nicht weit vom Chiemsee entfernt. Um dem hofeigenen Hund Bewegung zu verschaffen, machten wir einen schönen großen Spaziergang in den nächsten Ort. Alles war recht malerisch und gemütlich, bis der Schäferhund im vollen Galopp auf uns zugestürmt kam.

Unser Hofhund war groß und an der Leine, der heranstürmende Schäferhund größer und frei.

Unserem Hund sträubten sich die Haare und mir auch. Wenn es nun beides Rüden waren? Eine Beißerei war das Letzte, was ich wollte – ich schaute mich schnell um. Neben mir ein hoher Jägerzaun mit Gartentür.

Gartentür auf, Hund hinein, Gefahr abgewehrt.

Doch mit einem Satz war der Schäferhund auf der anderen Seite des Zauns – und siehe da, beide wedelten.

Der Schäferhund war ein Mädchen und wollte mit unserem Knaben spielen.

Wir waren beide erleichtert, meine Tochter und ich, und hatten einen neuen Begleiter. Die Hündin umspielte uns und forderte uns mit hohem Gebell auf, den Rüden doch endlich von der Leine zu lassen. Aber wir waren ja mitten in der Stadt, und außerdem gehörte der Hund nicht uns.

Als wir Richtung Heimat strebten, lief der Schäferhund artig neben uns her. Der Gehweg über die große Brücke war schmal, und Autos und Lastwagen donnerten vorbei. Ein Satz auf die Fahrbahn, und der Hund würde überfahren werden. Ich machte meinen Gürtel ab und leinte ihn an.

»Nennen wir sie Sunny?«, wollte meine Tochter wissen.

Ja, die Hündin zeigte ein sonniges Gemüt, Sunny war bestimmt nicht verkehrt.

Nach der Brücke ließen wir sie wieder frei, aber Sunny folgte uns über Stock und Stein, und als wir an die ersten Felder kamen, die in Richtung Bauernhof führten, ließen wir auch unseren Hofhund los. Sie spielten und tollten – und plötzlich waren beide verschwunden.

Sunny hörte nicht auf ihren Namen – wie auch –, und auch Bello hatte andere Neigungen. Wir riefen und pfiffen, aber schließlich gaben wir es auf.

»Hoffentlich fangen die nicht zu wildern an«, befürchtete ich, und meine Tochter sah schon den Hochsitz mit dem Jäger. »Das war wohl ein Fehler«, erkannte ich.

Meine Tochter nickte still, und schließlich gingen wir weiter, wortlos auf den Schuss wartend.

Er kam nicht, dafür kurz vor dem Hof die beiden Hunde. Hechelnd und mit weit heraushängender Zunge schlossen sie sich uns an, als sei nichts gewesen.

Auf dem Hof wurden wir mit Gelächter begrüßt. »Die Gaby hat schon wieder ein Tier im Schlepptau!« Das waren meine Nachbarn aus Allensbach, denen eine solche Situation nicht fremd war.

»Tja!« Was sollte ich auch groß sagen, sie hatten ja recht.

In unserem großen Zimmer machte es sich Sunny gleich gemütlich – das doppelstöckige Bett gefiel ihr augenscheinlich gut –, während ich mit der Bäuerin Kriegsrat hielt. Die Schäferhündin war in einem guten Zustand, also hatte sie auch irgendwo ein gutes Zuhause. Nur wo?

Niemand kannte sie. Wir starteten einen Rundruf.

Tierheim, Polizei, Gemeinde.

Meine Tochter war inzwischen mit Sunny unter eine Decke gekrochen. Futter, Wasser. Leckerli, alles musste her.

Und die erste Frage: »Mami, können wir sie behalten?«

Oje. Ein Hund braucht Zeit und Platz. Ich hatte weder das eine noch das andere.

Die Tage vergingen. Niemand meldete sich. Sunny gewöhnte sich an uns und wir uns an Sunny. Langsam begann ich, über die Frage nachzudenken. Und auch über den Platz im Auto für die Rückfahrt.

Und dann hatte unsere Bäuerin die Besitzerin ausfindig gemacht.

Eine junge Frau erschien, von uns misstrauisch beäugt.

Sunny freute sich nicht besonders, sie schien sogar eher ängstlich.

Ich ärgerte mich sofort. Hatte ich einen Fehler gemacht?

Sie verstehe das nicht, erklärte die junge Frau. Jeden Morgen hätte die Hündin bei ihrem Ausritt mindestens eine Stunde Auslauf, dann der große Garten – und trotzdem sprang sie immer wieder über den Zaun und suchte das Abenteuer.

»Mama …«, sagte meine Tochter und war unglücklich.

Ich irgendwie auch.

Tage später fuhren wir nach Hause. Noch immer ging uns der Hund nicht aus dem Kopf. Hatte die junge Frau die Wahrheit gesagt? Ging es Sunny dort wirklich gut? Hätten wir sie einfach mitnehmen sollen?

Am Ortsausgang von Prien umsprang ein Schäferhund fröhlich bellend eine Spaziergängerin mit einem Golden Retriever, der heftig an der Leine zerrte und mitspielen wollte.

Es war Sunny, meine Tochter und ich schauten uns an und mussten lachen.

WIE LIEBE GELINGT

Sieben Millionen Jahre sind wir nun schon Mensch – sagen die Wissenschaftler. Sieben Millionen Jahre lang pflanzen wir uns schon fort. Aber gibt es auch seit sieben Millionen Jahren Liebe? Oder nur Lust? Oder einfach einen Akt?

Ich beschäftige mich erst seit dreiunddreißig Jahren mit der Liebe. Das ist vergleichsweise wenig. Die Liebe präsentiert sich immer wieder anders. Verliebtsein, Vertrauen, Beständigkeit, Aufgeregtheit, Nervosität, Eifersucht, Beruhigung, Depression, Gleichklang. Alles kann mit Liebe zu tun haben oder mit dem, was man dafür hält. Besitz. Bevormundung. Oder auch Freiheit, Erweiterung.

In meinem Freundes- und Bekanntenkreis sind fast alle geschieden. Beim zweiten Partner finden viele den Hafen, den sie beim ersten vermisst haben. Sind sie gereift, haben sie sich verändert? War die erste Ehe voreilig?

Eine gute Freundin erzählt mir, sie habe mit ihrem jetzigen Mann ihren Seelenverwandten gefunden, und ihr Mann bestätigt das. Seelenverwandtschaft. Über vieles gar nicht reden müssen, über vieles gleich denken, über vieles gemeinsam lachen. Hat sie das in der ersten Ehe überhaupt gesucht, oder war der Reiz da nicht eher Abenteuer, ein neuer Lebensabschnitt, Abschied vom Elternhaus?

Mein Freund und ich sind überhaupt nicht seelenverwandt. Ich bin eine völlig andere Seele als er. Er hält Distanz, wo ich mich voll und ganz einbringe, er analysiert, wo ich emotional agiere. Ich lebe schnell, er bedachtsam. Er überdenkt, ich entscheide. Und trotzdem fühlen wir uns wohl miteinander.

Was ist dann das Geheimrezept? Sicherlich, die Achtung und den Respekt vor dem Partner nicht zu verlieren. Ihm den Freiraum zu geben, den er braucht. Seine Interessen ernst zu nehmen. Aber sich auch mit ihm auseinanderzusetzen, denn nur, wer seine Meinung vertritt, wächst. Ein geistiger Mitläufer wird in einer Beziehung immer der Schatten sein. Er ist da, aber nicht gleichwertig. Und kann nicht geachtet werden. Er ist vielleicht bequem, aber nicht geliebt.

Mein Freund und ich wohnen exakt einhundertdreiundvierzig Autobahnkilometer auseinander. Das ist weit genug, um sich aufeinander zu freuen, und nah genug, um sich oft sehen zu können. Eine Stunde Fahrt. Ich bin ein Nachtarbeiter, schreibe oft bis zwei oder drei Uhr morgens. Mein Freund ist Anwalt, seine Abende hat er für sich. Würden wir zusammen leben, müsste sich einer von uns dem anderen anpassen. Das bekäme uns nicht gut, wir wären nicht mehr ausgeglichen.

Wenn wir uns treffen, haben wir Zeit füreinander, haben uns viel zu erzählen und zu planen. Und manchmal fährt er ab, und wir haben gar nichts beredet, weil es auch ohne Worte schön war.

Bei meiner Freundin verhält es sich genau andersherum. Sie kennt ihren Mann seit neununddreißig Jahren, sie sind seit fünfundzwanzig Jahren verheiratet. Wenn er nicht da ist, schläft sie schlecht. Sie vermisst ihn und fühlt sich komisch. Sie kennt seine Eigenarten bis ins kleinste Detail und er ihre. Sie ist in ihrem Leben, in ihren Gedanken und in ihrem Umfeld präzise, er ist der Künstlertyp, Marke Abenteurer, aber mit seriösem Beruf. Wenn er die Wohnung nach einer seiner Auslandsreisen mit seinen Fotos auslegt, mag sie sie nicht mehr betreten oder würde den Fall nach zwei Tagen gern kurzerhand mit dem Staubsauger lösen. Aber sie ist stolz auf seine Arbeit und sagt ihm das auch. Und wenn er als Hobbyfotograf im Eigenverlag einen Bildband herausbringt, dann ist das ihre gemeinsame Leistung. Sie gönnt ihm das und unterstützt ihn auch finanziell. Im Notfall verzichtet sie auf ein neues Paar Schuhe.

Das ist Liebe. Oder besser: Auch das ist Liebe. Aber wie gelingt Liebe?

Sicherlich nicht, indem man hofft, den Partner verändern zu können, wie man ihn braucht. Er verändert sich nicht. Er möchte weiterhin gestreifte Pullover tragen und am Samstag faul im Sessel liegen, anstatt durch den Wald zu rennen. Er weiß auch nicht, warum er plötzlich Körner essen soll, wenn er doch mit Fleisch bisher so gut durchs Leben gekommen ist. Und er möchte auch kein Gel im Haar, sondern lieber seinen schönen Scheitel tragen. Den hat ihm Mutti einst gezogen, und das war damals gut so. Warum also heute nicht?

Kurz: Liebe gelingt nicht, wenn man den anderen erziehen will. Lieber nach einem suchen, der zu einem passt oder dem man seine Eigenarten lassen kann.

Vorsicht aber, wenn einen der andere körperlich nicht anzieht. Es mag eine Kopfbeziehung sein, ein wunderschöner platonischer Gleichklang, aber wenn man den anderen nicht berühren will, wird jede Zweisamkeit zur Qual. Nichts schlimmer als ein Partner, vor dem man sich ekelt. Dessen Haut einem nicht gefällt, dessen Geruch einen abstößt, der einen innerlich in Abwehrhaltung gehen lässt. Was will man von so einem? Versorgung? Einladung? Piña Colada unter der einsamen Palme am Strand – in der Hoffnung, nicht allzu lang allein zu bleiben?

Aber auch wenn der Sex stimmt – Routine tötet. Sich immer wieder neu erfinden, kurze Reisen, andere Umgebung, mal weg von den Kindern, aber nichts davon mit erhobenem Zeigefinger: »Wir müssen mal wieder …« Wenn es nicht von innen kommt, dann muss man es lassen.

Die Liebe gelingt, wenn sich beide nicht so wahnsinnig wichtig nehmen. Kein Wettkampf in der Beziehung bitte: Wer joggt länger? Wer segelt oder golft besser? Wer verdient mehr Geld?

Man kann gut zurückstecken, wenn der andere diese Bereitschaft auch zeigt. Und man kann auch mal besser sein, wenn man es den anderen nicht ständig spüren lässt. Am schönsten ist es doch, wenn zwei an einem Strang ziehen, gemeinsam genießen und differenzieren können. Mein Freund ist nun mal der bessere Skatspieler. Und wenn er die anderen abzockt, dann – ganz ehrlich – grinse ich und bin stolz, als hätte er eben den Himalaja erstiegen. Und es ist ja auch ein bisschen so, für mich wenigstens.

EINE GANZ BESONDERE SEHNSUCHT

Das Letzte, was sie noch sah, bevor sie die Tür hinter sich zuzog, war der Blick ihrer Mutter. Der waidwunde Ausdruck erfüllte sie mit Genugtuung. Zum ersten Mal in ihrem achtzehnjährigen Leben hatte sie Macht über ihre Mutter, konnte ihr eins auswischen, ohne sich direkt mit ihr anzulegen. Auf dem Weg zum Gartentor schaute sie noch mal zurück. Durch die Gardinen des Wohnzimmerfensters sah sie den Tannenbaum stehen. Übervoll behangen, wie jedes Jahr. Ob sie die Kerzen überhaupt anzünden würden, jetzt, wo sie gegangen war? Sie, das einzige Kind?

Jette grinste bei dem Gedanken, dann zog sie den Reißverschluss ihrer Daunenjacke bis oben zu und schob das Kinn unter den Kragen. Es war schneidend kalt, und der Wind wirbelte Schnee auf. Sie vergrub ihre Hände tief in den Taschen und blickte im Vorbeigehen zu den Nachbarhäusern. Überall war Weihnachten in vollem Gange. Liedchen trällern, Geschenke aufreißen, Freude heucheln, die Müllberge vergrößern, fette Gans essen, über Winterspeck schimpfen. Wie sie diese deutsche Spießigkeit hasste!

Ihr Handy vibrierte in ihrer Tasche. Es war das verabredete Zeichen. Christian war also auch schon losgelaufen. Sie würden sich in *Charlys Keller* treffen, dort, wo es kein Weihnachten gab. Seit ihrem Geburtstag vor fünf Tagen hatte sie sich auf diesen Abend gefreut. Fast so, wie sie sich früher auf Weihnachten gefreut hatte. Aber da war sie noch ein Kind, berauscht von der feierlichen Stimmung, glückselig beim Anblick des geschmückten Baums und voll ungeduldiger Erwartung, was das Christkind wohl bringen würde.

Heute hieß ihr Glücksfaktor Christian, dazu brauchte sie keinen Baum und keine rührseligen Eltern. Christian war seit acht Wochen volljährig, und auch ihn konnte nun keiner mehr zwingen, einen ganzen Abend lang diesen Kitsch mitzumachen.

Er war bereits da, als sie eintrat. Sie erkannte ihn schon, als sie sich noch in der offenen Kellertür den Schnee von den Schultern klopfte. Christian stand mit dem Rücken zu ihr am Tresen und unterhielt sich mit zwei Jungs, aber seine hellen Haare stachen trotz der mäßigen Beleuchtung aus der Menge heraus. Er war weizenblond und hatte braune Augen, eine unglaubliche Mischung. Jette hatte ihn schon am ersten Tag im Gymnasium toll gefunden. Damals war sie zehn gewesen und war von ihm nicht beachtet worden.

Voller Besitzerstolz ging sie zu ihm. »Frohe Weihnachten«, rutschte es ihr heraus.

Er drehte sich nach ihr um. »Sei nicht so gehässig«, sagte er und zog sie an sich. »Böses Mädchen!« Er küsste sie und machte sie dann mit den beiden Jungs bekannt.

»Ausgebüchst?«, fragte der eine.

»Gegangen«, gab sich Jette einsilbig.

»Dann werden deine Eltern traurig sein«, meinte der andere und zog eine Augenbraue hoch.

Jette war sich nicht sicher, ob er sie auf den Arm nahm. »Ich wollte eigentlich nicht über Weihnachten reden«, sagte sie. »Deshalb bin ich hier!«

Christian grinste. »Was magst du trinken?«

»Cola!«

Er bestellte, und sie schaute sich um. Die Kneipe war ein spärlich ausgestatteter Gewölbekeller, die Getränke holte man sich am Tresen, ansonsten gab es einige Fässer, die je nach Größe entweder als Sitzgelegenheit oder Tisch benutzt wurden. Normalerweise war es hier brechend voll, denn die Getränke waren günstig, und Charly galt als abgewrackter Typ, einer, der als Bassist in einer Rockband schon mal ganz oben gestanden und Millionen und Groupies und Freundschaften kommen und gehen gesehen hatte, bis er wieder ganz unten war. Alles schon gesehen, alles schon gehabt, das war sein Standardspruch, und sein langer, dünner Pferdeschwanz und die pockennarbige Haut ließen am Wahrheitsgehalt dieses Spruchs keinen Zweifel.

»Blöde Arschkiffer!«, sagte er gerade über den Tresen zu einem Glatzkopf neben Jette. »Tun so, als würden sie über alles kotzen, kommen aber erst nach der Bescherung!«

»Wir nicht!«

Jette hätte es im gleichen Atemzug gern wieder zurückgenommen, aber Charly hatte sie schon im Visier. »Heldentat vollbracht, was?«

Er stierte sie an, und Jette wurde klar, dass er getrunken hatte. Das war gegen seinen Grundsatz, dass der Wirt an Drogen und Alkohol verdiene, aber nicht selbst konsumieren sollte.

»Trinkst du, weil dein Laden leer ist?« Jette kniff die Augen zusammen. Er sollte ruhig merken, dass sie sich nicht in die Klein-Mädchen-Schublade stecken ließ.

»Was weißt denn du«, entgegnete Charly und wandte sich ab.

Jette schwieg verblüfft. Sie hatte sich auf einen Schlagabtausch eingestellt, mit so einer Reaktion hatte sie nicht gerechnet.

Die Cola, die ihr Christian reichte, half ihr aus der Verlegenheit. »Danke!«

Sie drückte sich etwas an ihn, und er legte den Arm um ihre Schultern.

»Geht's dir gut?«, wollte er wissen.

»Wenn du da bist ...«, flüsterte sie in seine Halsgrube, und er drückte ihr einen Kuss auf die Stirn.

»Und Friede auf Erden«, sagte jemand. Jette schaute an Christians Haaransatz vorbei. Sie kannte ihn nicht.

»Gibt's kein anderes Thema?«, fragte sie betont genervt.

»Wieso?« Er grinste. »Heute ist doch schließlich Weihnachten!«

»Das ist irgendwie bescheuert!« Jette sah Christian an. »Und von unserer Klasse ist auch keiner da!«

»Dabei wollten sie alle«, gab ihr Christian recht.

»Tja!«

Sie schwiegen eine Weile, Jette trank ihre Cola aus.

»Lass uns woanders hingehen«, schlug sie vor, »das ist unspannend hier!«

»Mächtig!«

Draußen hatte starker Schneefall eingesetzt. Die Gehsteige waren ungeräumt, die Straßen wie ausgestorben, und es war seltsam still.

»Die Welt versinkt in einem Wattebausch«, lachte Jette und nahm Christian an die Hand. Sie machten sich einen Spaß daraus, ihre Spuren in den Schnee zu zeichnen, Fußabdrücke vorwärts und rückwärts, wie die Kinder.

»Früher haben wir Engelsflügel in den Schnee gemacht.« Christian breitete seine Arme aus und schwang sie hoch und runter. »Ihr auch?«

»Klar«, nickte Jette. »Aber bei dir kann ich mir das gar nicht vorstellen!«

»Ich war noch etwas kleiner.« Er packte sie unter den Armen und wirbelte sie herum.

»Christian!« Jette bekam vor Lachen keine Luft mehr, und er drehte und drehte sich um die eigene Achse, bis er den Boden unter den Füßen verlor und stürzte. Sie fielen nebeneinander in den Schnee und blieben liegen. Nach dem ersten Schreck fing Jette wieder zu lachen an und rollte sich auf Christian. »Frau Holle deckt uns zu«, sagte sie. In ihren langen dunklen Haaren hatte sich der Schnee verfangen und bildete kleine eisige Schneenester. Christian strich ihr Haar zurück und betrachtete ihr nasses, ungeschminktes Gesicht über sich. Von ihren Wimpern perlten kleine Tropfen, und die Zähne schimmerten durch die leicht geöffneten Lippen.

»Wie schön du bist!«, sagte Christian und zog sie zu sich herunter. Sie küssten sich, als lägen sie im Daunenbett und nicht auf dem Gehsteig. Erst das Hupen eines vorbeifahrenden Autos schreckte sie auf. »Idiot«, zischte Jette und schaute dem Wagen hinterher. »Setz dich doch unter deinen Weihnachtsbaum!«

»Der geht dir aber nicht aus dem Kopf, was?« Christian richtete sich auf.

»Wer?« Jette setzte sich neben ihn und klopfte sich den Schnee von den Hosenbeinen.

»Der Weihnachtsbaum!«

»Weihnachtsmann!«

»Du!!«

Er griff nach ihr, aber sie war schon aufgesprungen und rannte vor ihm her.

Hand in Hand trafen sie im *Café Leon* ein. Die kühle Atmosphäre, der große Raum, ganz in Weiß gehalten, war Garant für neutrales Terrain. Sie blieben kurz stehen, um sich einen Überblick zu verschaffen. Das Publikum war heute anders als sonst. Kaum Junge. Die meisten um die vierzig.

»Wo sind die bloß alle?«, flüsterte Jette.

Christian zuckte die Achseln. »Charly war ausgemacht«, gab er zurück.

»Ja, bravo!« Jette nickte.

Unentschlossen sahen sie sich an.

»Das ist der weihnachtliche Singletreff, das schwöre ich dir!«

Jette rümpfte die Nase.

»Eher Geschiedene, die's an Weihnachten nicht allein aushalten.«

»Woher willst denn du das wissen?«

Christian wies mit dem Kopf leicht in eine Richtung. »An dem Tisch ganz dort hinten sitzt mein Vater!«

»Dein *was*?« Es kam lauter, als sie es beabsichtigt hatte. Sie musterte die Tische, aber es waren zu viele von einzelnen Gästen besetzt.

»Willst du zu ihm hin?«

»Quatsch. Er hat meine Mutter beschissen. Geschieht ihm gerade recht, wenn er jetzt da allein herumsitzt!« Er verzog das Gesicht. »An Weihnachten!«

»Es ist ein Tag wie jeder andere.«

»Ja, eben!« Christian nickte grimmig. »Gehen wir!«

Sie stapften eine Weile schweigsam nebeneinander durch den Schnee.

Die meisten Wohnungen waren von Kerzenschein erleuchtet, aus einem geöffneten Fenster wehten Akkordeonklänge zu ihnen herüber.

»Widerlich«, sagte Jette.

»Blödes Getue«, bekräftigte Christian.

»Aber deine Mutter ist doch verheiratet«, meinte Jette irgendwann.

»Wieder.« Christian blieb vor einer kleinen alten Villa stehen. Durch die hohen Altbaufenster ging der Blick auf Menschen, die festlich gekleidet und sehr vergnügt an einem langen Tisch saßen. Im Hintergrund stand eine geschmückte große Tanne.

»Hier haben wir mal gewohnt«, sagte er.

»Hier?« Jetta war sprachlos. Sein jetziges Zuhause war

in einer nüchternen Reihenhaussiedlung. »Und wer sind diese Leute?«

»Sie haben es gekauft. Mutter konnte es nicht mehr halten, Vater mit Kohle und Sekretärin weg. Das Übliche halt!«

»Wie alt warst du da?«

»Neun.« Es war ihm anzumerken, dass er sich schwer von dem Anblick losriss. »Und der Baum stand auch immer genau an dieser Stelle.«

Er lachte leise, aber es klang nicht echt.

»Komm, gehen wir. Lass es uns noch in der *Steinernen Kugel* versuchen. Wenn dort nichts ist, weiß ich auch nicht mehr.«

Sie gingen auf der anderen Straßenseite einige Häuserzeilen zurück und bogen dann wieder auf die Hauptstraße ab. Christian hatte den Arm fest um Jette gelegt, es schneite noch immer, und der kalte Wind kroch in die nassen Kleider.

»Und warum erzählst du mir das gerade heute?«, wollte Jette wissen.

»Keine Ahnung.« Sie spürte, wie er sie noch fester fasste. »Vielleicht, weil er gerade da saß.«

Jette nickte.

Der warme Atem der *Steinernen Kugel* empfing sie am Eingang.

»Das tut gut«, sagte Jette erleichtert und zog ihre feuchte Jacke aus. »Hier bleiben wir, ich brauch jetzt was Heißes!«

»Nimm mich«, sagte Christian, aber irgendwie konnte sie nicht lachen.

»Sieht gut aus«, sagte sie stattdessen. »Völlig normal!«

Tatsächlich war das Publikum gemischt wie immer, alle Altersgruppen, alle Schichten, kein Weihnachten.

Sie suchten sich einen Platz und fanden in der Menge einen freien Stehtisch.

»Ich habe eiskalte Füße«, klagte Jette.

»Wird gleich besser werden.« Christian schaute sich um. »Ich besorge dir einen Barhocker!«

Kurz danach war er mit einem Barhocker und der Bedienung zurück. Sie bestellten zwei heiße Zitronen, Jette stieg auf den Hocker und stellte ihre Füße auf die Querstange. »Endlich gut«, seufzte sie.

»Na, Mädchen«, sagte jemand neben ihr, »was bist du denn so abgekämpft? Zu lange auf der Straße gewesen?«

Bevor Jette antworten konnte, hörte sie eine Frauenstimme. »Red nicht so 'nen Unsinn, Heinz, was soll sie denn von dir denken?«

Es war ein völlig friedliches Paar, wie Jette gleich sah, Marke Kleingärtner mit Springbrunnen.

Sie entschied sich, nett zu sein. »Wir sind hergelaufen«, sagte sie. »Und es stürmt doch ganz schön!«

»Und nicht nur das«, fuhr Heinz fort, »was sich nachts so herumtreibt. Es passiert ja allerhand!«

Und schon mischten sich andere ein. Jette warf Christian einen hilflosen Blick zu. Der grinste und zuckte mit den Schultern. Das war das Thema der Stadt. Sicherheit, Fußball und Arbeitslosigkeit. Die Getränke kamen, und Christian rückte um den Tisch herum näher zu Jette. Die Lücke wurde gleich geschlossen, denn nach dem gestrigen Überfall auf die Tankstelle mitten in der Stadt hatte jeder etwas zur Unterhaltung beizutragen. Die Täter waren maskiert gewesen, kannten sich aber gut aus, die Spekulationen schossen ins Kraut. Christian und Jette hörten zu, nippten an ihrer heißen Zitrone, begannen ein eigenes Gespräch, was aber nicht fruchtete. Es war zu eng, zu laut und zunehmend auch zu stickig. Als schließlich einer die Frage aufwarf, ob es mit der Pleite des Fußballvereins zu tun haben könne, dessen Vorstand alle Mittel recht seien, schlugen die Wogen hoch. Die einen verwahrten sich gegen so eine Vermutung, die anderen fanden es denkbar, manche mischten sich nur um des Redens willen ein. »Gleich gehen sie aufeinander los«, wisperte Jette.

»Lass uns gehen«, stimmte Christian zu. Sie quetschten sich an der Theke vorbei, bezahlten und waren froh, als sie wieder draußen waren.

Der Wind hatte nachgelassen, aber es schneite noch immer. Dicke, weiche Flocken setzten sich ihnen sofort auf die Haare, die Schultern und die Nasen. Sie standen vor der Kneipe und schauten die menschenleere Straße hinunter.

»Irgendwie –«, begann Christian, beendete seinen Satz aber nicht.

»Ich weiß auch nicht«, sagte Jette.

Sie gingen eng umschlungen weiter.

»Wie haben denn deine Eltern reagiert?«, wollte Christian an der nächsten Kreuzung wissen.

»Meine Mutter wie ein waidwundes Reh!«

»Und? Hat es dir leid getan?«

»Ich dachte, es geschieht ihr recht!«

Sie überquerten die Straße.

»Warum?«

»Für alles, was sie mir damals angetan hat!«

»Was denn?«

»Ihre Macht.«

Auf der anderen Straßenseite blieben sie vor einem beleuchteten Schaufenster stehen.

»Ihre Macht?« Christian klang erstaunt. Jette schaute zu ihm auf.

»Ja, ihre Macht«, wiederholte sie ungeduldig. »Ihre Macht!« Sie schaute an ihm vorbei in die Auslagen. Ein Elektrogeschäft. Dann zuckte sie die Schultern. »Ach, ich weiß auch nicht.«

Sie setzten sich wieder in Bewegung.

»Irgendwie«, fing sie nach einigen Metern an, »irgendwie ist es doch auch blöd, so zu tun, als ob es Weihnachten gar nicht gäbe. Irgendwie unnatürlich. Weihnachten gibt's halt!«

Christian entgegnete nichts. Sie waren schon an der nächsten Straßenkreuzung angelangt, als er sie abrupt losließ und stehen blieb.

»Was ist?«, fragte Jette verhalten.

»Irgendwie hab ich's ja geahnt«, sagte er und zog seine linke Faust aus der Jackentasche.

»Was soll das?«

»Schau's dir an!«

Er öffnete die Hand. Darin lag ein zerdrückter kleiner Tannenzweig, verziert mit einem schmalen roten Bändchen.

»Ich dachte, falls du Sehnsucht bekommst, dich der Weltschmerz packt!«

»Ach!« Sie stemmte die Hände in die Hüfte. »Jetzt bin's also ich! Wer hat denn vorhin sehnsüchtig in die Villa geguckt – was? Von wegen Sehnsucht!«

Wütend funkelte sie ihn an, er grinste schief, und sie mussten beide lachen. Jette nahm ihm den kleinen Tannenzweig aus der Hand und betrachtete ihn. »Und jetzt?«, fragte sie.

»Frage ich mich, wo wir noch ein Stück Gans herkriegen!«

SILBERLÖFFEL UND SAMMELTASSEN

Die Stimmung war gespannt. Nicht offensichtlich, nein, sie schlich leise daher und legte sich über den Tisch. Regina spürte es, aber sie konnte es sich nicht erklären. Ihre Mutter schoss Pfeile ab. Das tat sie öfter mal, und manchmal dachte Regina, dass es so etwas wie eine periodische Krankheit sei. Aber diesmal war es anders. Seltsam.

Regina schaute zu ihrer siebzehnjährigen Tochter und deren bester Freundin, aber die luden sich gerade zum zweiten Mal fröhlich scherzend den Teller mit Lasagne voll und schienen nichts zu bemerken.

»Früher waren die Gäste ehrlich«, sagte Maria in den Raum hinein.

»Aha, Oma«, lachte Janine und zog ihren Teller an sich, »und heute nicht mehr?«

»Nicht alle«, betonte Maria mit hoher Stimme.

Regina wurde unruhig. Hatte sie es etwa auf die Freundin ihrer Tochter abgesehen? Anja war ein ständiger Gast in ihrem Haus, und Regina wusste, was sie ganz sicherlich nicht haben wollte: Unfriede, aus welchem Grund er auch immer von ihrer Mutter gestiftet wurde.

Sie beobachtete sie von der Seite. Alle Anzeichen waren da. Das Kinn etwas erhoben, als sei sie irgendeinem Geheimnis auf die Spur gekommen, der Mund leicht zusammengezogen, eine Mischung aus säuerlich und rechthaberisch, und ihre Augen hatten sich vielsagend auf Anja geheftet.

Regina wollte nicht nachfragen. Sie wollte nicht jetzt, mitten in einem friedlichen Abendessen, einen Streit vom Zaun brechen, denn dass ihre Mutter darauf aus war, konnte man nicht übersehen.

Da fiel Janine ein Stück Lasagne in den Ausschnitt, und Anja lachte laut los. Sie war seit Kindertagen Janines beste Freundin, und für Regina war sie so etwas wie eine zweite Tochter, ein froher Mensch, aufgeschlossen und intelligent.

Maria saß vor ihrem leeren Teller, legte das Besteck sorgfältig zur Seite und beobachtete das Geschehen.

»Soll ich dir helfen?«, fragte Anja ihre Freundin, griff nach ihrem Dessertlöffel und näherte sich damit Janines Ausschnitt.

»Hoffentlich ist er nicht aus Silber«, bemerkte die alte Dame trocken.

»Wieso?«, wollte Janine wissen, die lachend Anjas Hand abwehrte, »läuft er dann an, so zwischen meinen Brüsten?«

»Er wird rot!«, prustete Anja.

»Und vielleicht verschwindet er«, erklärte Maria in hohem Ton.

»Mutter!« Regina schaltete sich ein. Ihre Mutter wohnte ein Stockwerk über ihnen. Nicht auszudenken, wenn sie sich ernsthaft mit Anja anlegen würde. Um sich aus dem Weg gehen zu können, war das Zweifamilienhaus zu klein. Es würde bedeuten, dass entweder die eine oder die andere nicht mehr am geselligen Familienleben werde teilnehmen können.

Das würde sie doch nicht ernsthaft wollen, fragte sich Regina. Und warum auch? Anja, die ein halbes Jahr älter als Janine war und schon den Führerschein hatte, war Maria gegenüber immer freundlich, fuhr sie zum Einkaufen zu ihrem Lieblingsmarkt, auch mal zum Friseur, lud sie ein, wenn sie mit Janine etwas Besonderes kochte.

Maria würde sich dies durch eine ihrer Launen nicht kaputt machen wollen? Und die familiäre Harmonie, in der sie sich doch so wohl fühlte?

»Ich weiß das schon seit Längerem!«, sagte sie steif.

»*Was* weißt du?!?«, entgegnete Regina jetzt barsch. Es ging einfach mit ihr durch. Gut, ihre Mutter war über achtzig. Aber dieses Spielchen trieb sie jetzt schon eine Weile, und Regina wusste, was kommen würde. Irgendetwas war aus ihrer Wohnung verschwunden.

Da alle, die sie früher in solchen Fällen schon verdächtigt hatte, nicht mehr zu Besuch kamen, blieb jetzt logischerweise nur noch Anja, wenn sie nicht ein Familienmitglied verdächtigen wollte.

»*Duuu*«, sagte Maria betont, »glaubst ja immer noch an das Gute im Menschen.«

»Ja, das tu ich«, antwortete Regina und schob ihren halb leeren Teller von sich.

Sie wollte das nicht vor Anja verhandeln. Aber auch die beiden Mädchen waren jetzt aufmerksam geworden.

»Was ist denn, Omi?«, wollte Janine wissen, und auch Anja schaute etwas besorgt.

»Gehst du nicht gern auf Flohmärkte?«, fragte Maria und sah Anja nun direkt ins Gesicht.

»Doch, ja«, erklärte Anja leichthin.

»Das dachte ich mir«, erklärte Maria, schob ihren Suhl zurück und stand auf. »Ich empfehle mich für die Nacht.« Dabei machte sie eine vogelartige Kopfbewegung nach oben, als hätte sie eine Bestätigung gefunden. »Ich habe mir das schon lange gedacht, da gab es auch schon andere Anhaltspunkte. Aber lass dir gesagt sein, in einem anständigen Haushalt gibt man zurück, was man sich ausgeliehen hat. Ich jedenfalls habe das immer so gehalten. Wenn man es zurückgeben will …«

Damit ging sie hoch erhobenen Hauptes zur Tür hinaus.

»Was hat sie denn?« Ratlos schauten sich Janine und Anja an, dann zuckte Janine mit der Schulter.

»Gute Nacht, Omi«, rief sie ihr hinterher.

Regina sagte kein Wort.

Am nächsten Morgen stellte Regina ihre Mutter zur Rede. Maria war heruntergekommen, um mit ihrer Tochter einen Morgenkaffee zu trinken, aber Regina spürte, wie sich alles in ihr gegen einen gemütlichen Kaffee sträubte. Gleich würde sie wieder eine ihrer bizarren Geschichten erzählen, gegen die es keine vernünftigen Argumente gab.

Mit Schaudern dachte sie an die Szene, als vor Jahren ein Freund ihres Mannes einige Tage in ihrem Ferienhaus gewohnt hatte. Anschließend hatte ihre Mutter behauptet, dass das Fernglas fehle. Das Fernglas ihres Schwiegervaters, besonders wertvoll, da nicht nur von hoher Qualität, sondern als Erinnerungsstück unersetzbar.

Alle Argumente der Familie nützten nichts. Warum sollte der Freund, der sich selbst ein Fernglas leisten konnte und wahrscheinlich auch eines besaß, so ein altes Ding klauen? Es blieb dabei, er hatte es mitgehen lassen. Der Verdacht kam irgendwann auch dem Freund zu Ohren, und ihm war die ganze Geschichte so peinlich, dass er anbot, ein neues Fernglas zu kaufen.

Für Maria war der Mensch gestorben, sie erwähnte ihn mit keiner Silbe mehr.

Als das Fernglas in ihrer Wohnung, Hunderte von Kilometern von dem Ferienhaus entfernt, wieder auftauchte, verlor sie allerdings kein Wort darüber, auch nicht zu dem Freund, der noch immer mit den Verdächtigungen leben musste. Ihr einziger Kommentar war, es sei Sand daran gewesen, das beweise, dass er es benutzt habe. Denn bei ihr sei das Fernglas nie mit Sand in Berührung gekommen.

Regina spürte, dass ihre Wut auf ihre Mutter noch nicht abgekühlt war. Sie wollte sich eigentlich überhaupt nicht anhören, was jetzt kam, auf der anderen Seite war ein Schwelbrand noch unerträglicher.

Regina stellte zwei frisch geschäumte Milchkaffee auf den Küchentisch und lud ihre Mutter mit einer Handbewegung ein, sich zu setzen.

»So«, begann sie ohne große Umschweife, »was sollte das gestern werden? Was für ein Problem gibt es?«

Sofort bekam das Gesicht ihrer Mutter wieder diesen

seltsamen Zug: *Ihr wollt es ja nicht wahrhaben, aber ich weiß es …*

»Also, was ist es diesmal?«, fragte Regina.

»Das sage ich nicht, ihr liebt sie doch sowieso wie eure zweite Tochter …«, erklärte Maria lächelnd.

Urplötzlich erkannte Regina, dass es Eifersucht war. Ihre Mutter bekam nicht genug Aufmerksamkeit, fühlte sich zurückgesetzt. Oder vielleicht hatte man auch zu viele Züge an Anja gelobt. Möglicherweise fühlte sie sich, die mitten in der Familie lebte, benachteiligt. Oder sogar einsam. Konnte so etwas sein?

Regina staunte über ihre eigenen Gedanken.

»Also, sag schon«, wiederholte sie.

Wäre es möglich, dass sie sich mit diesen Attacken regelmäßig Aufmerksamkeit verschaffen wollte? War das der unbewusste Antrieb? War so etwas bei einer Frau über achtzig, die Kinder aufgezogen, ihren Mann verloren und einen Weltkrieg durchgestanden hatte – waren so kleinliche Aktionen möglich?

Sie, die auf der anderen Seite fröhlich und lebenslustig sein konnte, überaus tierliebend war und anderen half, wo es ging? Konnten zwei so unterschiedliche Eigenschaften in einer Person vereinigt sein? Die eine zerstörerisch, giftig, zersetzend – die andere hilfsbereit, gebend und fröhlich?

Maria blickte von ihrem Kaffee auf: »Ich sage es nicht, du stellst dich sowieso vor sie!«, erklärte sie. Ein abschätziger Zug legte sich um den Mund ihrer Mutter, und ihre Nasenflügel blähten sich leicht. Regina nahm einen Schluck aus ihrer Kaffeetasse und beobachtete sie. Schon komisch, dachte sie, dass das ihre Mutter war. In diesem

Punkt waren sie grundverschieden. Bei ihr waren im Laufe ihres Lebens schon viele Dinge verschwunden, aber sie ging immer erst einmal davon aus, dass sie sie selbst verlegt hatte. Bei ihrer Mutter war es offenbar anders.

»Du kennst doch noch meine Sammeltassen im Büfett. Die hatte ich schon, als ihr noch Kinder wart. Lauter verschiedene Farben, mit Untersetzern und den passenden Tellern. Und die schönsten drei, die, die deine Schwester Kerstin so liebt, habe ich nach vorn gestellt, um sie ihr beim nächsten Mal mitzugeben.«

»Schön, da wird sie sich freuen«, sagte Regina, obwohl sie sich nicht so sicher war.

»Ja, sie wollte auch gerade diese drei haben.«

Gut, dachte Regina. Dann halt Sammeltassen. »Und? Was ist damit?«

Maria legte eine bedeutsame Pause ein. »Sie sind verschwunden. Aus meinem Schrank! Aber die Untersetzer und Teller, die weiter hinten im Schrank stehen, die sind noch da!«

»Aha«, sagte Regina und holte tief Luft. »Und du hast auch sicherlich eine Erklärung dafür, weshalb die Sammeltassen nicht mehr da sind?«

»Es fehlten schon öfters mal Dinge, wenn Anja in meiner Wohnung war.«

Regina schloss kurz die Augen. »Und wie sollte sie deiner Meinung nach in deine Wohnung kommen?«

»Na, der Schlüssel hängt doch da«, erklärte Maria aufgebracht und zeigte zum Schlüsselbord neben der Küchentür.

Regina musste sich sammeln, damit ihre Stimme neutral blieb. »Und du glaubst allen Ernstes, dass ein achtzehnjähriges Mädchen zu dir nach oben schleicht und *Sammeltassen* klaut? Was soll sie denn damit anfangen? Glaubst du, sie steht auf so was? Oder versteigert sie meistbietend? Und warum hätte sie dann die Untersetzer und Teller nicht mitnehmen sollen? Allein sind die Tassen doch wohl nur halb so viel wert ...«

Ihre Mutter schaute unbewegt geradeaus. »Die Teller und Unterteller stehen hinten im Schrank«, erklärte sie ungerührt, »die sieht man nicht auf den ersten Blick. Schon gar nicht, wenn es schnell gehen muss ...«

Regina schüttelte den Kopf. »Sammeltassen«, sagte sie betont. »Da kriegst du fünf Euro dafür. Wenn überhaupt.« Sie machte eine kurze Pause. »Du weißt schon, dass bei mir jeder Schmuck offen im Badezimmer liegt? Und auch Geld wäre nie ein Problem ...«

»Du würdest es ja nicht einmal merken, bei deiner Buchführung!«

Regina schwieg. Dann forderte sie ihre Mutter auf: »Gut, sag ihr das. Konfrontiere sie mit deinen Vorwürfen, wenn du meinst. Aber damit ist die Atmosphäre, die du ja auch so liebst, zerstört, das sage ich dir. Nach einem solchen Verdacht wird es nicht mehr so sein wie vorher!«

Ihre Mutter stand auf. »Ich habe ja gewusst, dass du auf ihrer Seite bist!«

Damit ging sie. Regina folgte ihr.

»Wir suchen am besten gemeinsam«, sagte sie versöhnlich.

»Wenn du denkst«, erwiderte ihre Mutter kühl, »aber es wird nichts nützen.«

»Und wenn wir sie gefunden haben, gehen wir in dein Lieblingsrestaurant, einen Wurstsalat essen. Nur du und ich.«

Ja, wahrscheinlich nützte es wirklich nichts, selbst wenn sie sechs Sammeltassen finden würden, dachte Regina, aber ich liebe sie trotzdem.

DER MANN – EIN EWIGES RÄTSEL

Nur früher waren die Rätsel einfach: Kommt er nach der Arbeit direkt nach Hause? Geht er mit den Kumpels weg? Geht er fremd?

Heute ist der Mann vielschichtiger geworden. Warum? Er hat sich an der Frau orientiert. Aus dem einseitigen Kerl ist ein Mensch mit Facetten geworden. Resultat: Keiner kennt sich mehr aus. Die Frau nicht und der Mann auch nicht. Die Werbung schon gar nicht.

Der Mann darf nicht zu weiblich sein, nicht zu männlich, und in der Werbung beurteilen Männer ihre eigenen Geschlechtsgenossen deswegen eher negativ. Gehört er der Denkersorte an, findet er die knallharten Athleten abstoßend. Und umgekehrt. Wie geht es Frauen? Die finden einen Männerkörper wie den von Kevin Kuranyi schon prickelnd, aber wenn sich einer in einer ernst gemeinten Kontaktanzeige als »Zu schön, um wahr zu sein« darstellt, reizt es ihre Geschmacksnerven – und zwar nicht die positiven. Manche machen sich zu Karikaturen ihrer selbst, aber das ist auch erst heute möglich – sozusagen die Errungenschaft des *Neuen Mannes.*

Was oder wer ist aber der *Neue Mann*? Und gab es nicht in jeder Generation *Neue Männer*? Oder hat Ina Deter mit ihrem Song *Neue Männer braucht das Land* eine unheilvolle Entwicklung ausgelöst? Wollte jetzt plötzlich jeder neu sein?

Sicher ist, dass die Männer neue Namen bekommen haben. Denn jetzt heißt das, was früher schlicht ein Mann war: Bild-Loser, Kompensierer, Stand-Halter, Weich-Zeichner, Bild-Entdecker und Patch-Worker.

Gut, den Opportunisten gab es schon immer. Das ist der, der sein Fähnchen stets in den Wind hält. Bläst es von rechts, gut, dann verhält man(n) sich entsprechend. Kommt es von links, gibt es auch eine linke Lösung. Der Opportunist hat es stets weit gebracht, heute kennt man ihn auch unter der Bezeichnung Politiker.

»Weich-Zeichner« gab es auch immer. Die nahm früher allerdings niemand so richtig ernst, und wenn eine Frau so einen zum Mann hatte, versuchte sie das meist wie einen Makel zu verbergen. Gefragt war einer, der so richtig auf den Tisch hauen konnte, seine Meinung durchsetzte und nichts anderes gelten ließ.

Die laufen jetzt unter »Stand-Halter«. Passender Ausdruck übrigens, denn meistens findet man sie heute auf der linken Seite der Autobahn bei Tempo hundertzwanzig. Dort setzen sie sich bravourös gegen alle anderen durch.

Der Ansatz, jeden einzelnen Mann in seine Eigenarten und Vorlieben aufzugliedern, ist klasse. Wie wohnt er, wie zieht er sich an, welche Musik bevorzugt er, welche Werbung spricht ihn an, und welche stößt ihn ab?

Keine Frage, solche »Männer-Schubladen« gibt es. Je

länger ich darüber nachdenke, umso mehr Männer lassen sich unter einer Rubrik zusammenfassen.

Das hat für Frauen einen unglaublichen Vorteil. Du stehst auf einen Typus Mann, ziehst die entsprechende Schublade auf und hast ein gewaltiges Angebot. So weit, so gut. Die Frage ist nur, welcher Typ zieht uns überhaupt noch an? Der dienstfertige Eiferer, der es immer allen recht machen will? Der Typ ohne eigene Überzeugung und Meinung, der sich immer das zu eigen macht, was gerade angesagt ist? Der Kompensierer, der sofort umschwenkt, wenn eine andere Ansicht im Raum steht und er seine eigene Einstellung verteidigen müsste? Der Loser, der alles anfängt und an allem scheitert?

So einfach und kompakt die »Schubladen-Lösung« scheint, so dramatisch leer ist ihr Inhalt. Denn eigentlich will man keinen. Den Entdecker vielleicht – aber kann einer, der ständig zu neuen Ufern aufbricht, auf die Dauer nicht fürchterlich anstrengend sein?

Wenn man sich die »Welt im Kleinen« *vorher* anschauen könnte, wäre es leichter. Den Kerl mit all seinen Macken und Vorzügen in eine Streichholzschachtel packen und abwarten, wie er sich entwickelt. Von Zeit zu Zeit nachschauen und sich vergewissern, ob er richtig wird. Und wenn es passt, das Ganze auf Lebensgröße bringen. Und wenn nicht – einfach wieder zuschieben!

FREUDEMACHER IM REGEN

Es regnet. In Strömen. Ich sitze am Schreibtisch, schau auf den See, der verhangen und grau vor mir liegt, und schiebe mir ein Stück Schokolade in den Mund.

Glückshormone, denke ich mir, kann nur guttun.

Bewirkt aber nichts, meine Stimmungslage bleibt die Gleiche, und draußen regnet es weiter.

Ein handgeschriebener Brief liegt vor mir. Soll ich den jetzt beantworten?

Ich stehe auf und gehe nun doch ans Fenster. Eigentlich wollte ich es mir verkneifen, denn es regnet. Aber trotzdem – dort draußen steht ein Muntermacher. Ein gelber Farbtupfer auf dem nassen, grauen Asphalt. Und er parkt vor meiner Haustür.

Ich betrachte ihn nachdenklich. Auch ein bisschen verliebt. Aber auch ein bisschen abwägend.

Soll ich? Aber es regnet doch!

»Ich bin dann mal weg«, rufe ich, greife den Autoschlüssel, der abwartend auf meinem Schreibtisch liegt, schnappe mir im Laufen meine Handtasche und sitze schon drin – in meinem neuen 911 Turbo Cabrio.

Er gehört mir nicht, aber ein bisschen Illusion darf schon sein.

Ich starte ihn, und schon fahren meine Glückshormone hoch, der triste Tag bekommt ein Sommerloch. Durch das fahre ich jetzt hindurch, geradewegs nach Zürich.

Warum nach Zürich?, frage ich mich noch, aber da ist es schon zu spät, ich bin bereits an der Konstanzer Grenze, und der Zöllner zwinkert mir zu.

Klar, Geld macht sexy.

Schöne Autos auch. Ein Porsche Turbo sowieso. Und dieser hier allemal.

Ich spüre, wie der Wagen auf mich abfärbt. Bin ich jetzt attraktiver?

Immerhin, der Zöllner war höchstens fünfundzwanzig Jahre alt. Höchstens.

Der Motor röhrt hinter mir. Satte 480 PS. 353 kW bei 6000/min, das Drehmoment mit 620 Newtonmeter zwischen 1950 und 5000/min, 3,6 Liter Hubraum, Sechszylinder-Boxer mit Turboaufladung – und ich sitze am Steuer.

Das gefällt mir.

Auch auf der Autobahn regnet es. Und überhaupt, denke ich mir, mit 480 PS nach Zürich zu rollen ist totaler Luxus. Wir grüßen jede Butterblume und jede Kuh im Vorbeifahren, und ich überlege, ob es eigentlich verboten ist, immer wieder auf null abzubremsen und dann auf hundertzwanzig Stundenkilometer zu beschleunigen?

Wenn man es nicht probiert, kann man es nicht wissen.

Er braucht vier Sekunden bis hundert. Das nimmt

einem tatsächlich den Atem – er presst einen in den Sitz und würde gern weiter – aber ich bin nicht gewillt, meine Züricher Einkäufe im Schweizer Staatssäckel verschwinden zu sehen, und bleibe eisern. Ich nehme den Fuß vom Gas und lenke mich ab, lasse meiner Phantasie freien Lauf. Aber schon verführt sie mich wieder. Einen Moment lang spiele ich mit dem Gedanken, Zürich Zürich sein zu lassen und einfach weiterzufahren. Richtung Côte d'Azur, Saint-Tropez. Das wäre doch kein schlechtes Ziel, dazwischen ein paar Alpen, kleine Bergstraßen, verschlafene Dörfer, in denen das Echo des Motors zurückhallt, bis man von dem Sound ganz benebelt ist. Phantastisch! Ich bin schon ganz d'accord mit mir und meiner Idee, um nicht zu sagen, beseelt vor Freude, da fallen mir meine morgigen Termine ein.

Klar doch, da sitze ich im tollsten Auto der Welt – sorry Ferrari, sorry Lamborghini, sorry Maserati, alle schon gefahren, nie so verliebt! –, also im tollsten Auto der Welt, und dann meldet sich die Vernunft.

Kann ich die nicht einfach abschalten? Sorry, aber ich fahre gerade Porsche Turbo.

Ich brauche Luft. Runter auf fünfzig und das Dach auf. Braucht nur zwanzig Sekunden.

Die Regentropfen driften über mich hinweg, es ist, als ob ich ein unsichtbares Dach über mir hätte. Und wenn der Himmel jetzt nicht so regenverhangen wäre, wäre das Gefühl perfekt.

Warum arbeite ich eigentlich immer so viel? Ich könnte doch einfach reduzieren. So wie früher. Was hatte ich früher? Eine Wohnung, einen Porsche, ein Pferd. Und jede

Menge Spaß. Was habe ich heute? Einen Namen und einen vollen Terminkalender. Und jeder will was von mir.

Pferd und Porsche auch. Aber keinen Turbo.

Aber wenn ich jetzt einen Turbo wollte?

Wenn ich nachher in Zürich an Prada, Gucci und Sprüngli vorbeifahre, reicht es dann? Vielleicht noch das Pony meiner Tochter obendrauf? Nein, das geht nicht, das wäre ein Sakrileg. Aber vielleicht das Motorrad meines Freundes?

Nein, auch keine gute Idee.

Ich bin zu etabliert. Zu viele Pflichten. Ein Künstler mit Pflichten, das ist doch an sich schon ein Widerspruch.

Wahrscheinlich bin ich überhaupt kein Künstler mehr, sondern bereits eine feste Marke. Mein Großvater war noch echter Künstler, der lebte gerade, wie er wollte. Mal im Schwarzwald, um seine Bilder zu malen, dann wieder in Italien, um Freiheit zu fühlen.

Bloß, das war einmal. Auch die Freiheit in Italien. Tempolimit und Rauchverbot, darüber hätte mein Großvater, der Karle, nur gelacht.

Im Rückspiegel sehe ich, wie sich auf der Überholspur ein schwarzes Etwas mit grellen Scheinwerfern nähert. Aha, denke ich, dem ist mein gelber Turbo eine Tempoattacke wert. Er bleibt kurz versetzt hinter mir, fährt auf gleiche Höhe und schaut hinüber. Der neue Audi R8. Ich nicke anerkennend, er auch.

Dann gibt er Gas.

In der Schweiz muss man sich fürs Image keine Autos oder Frauen mehr leisten können, sondern Strafzettel. Er kann. Oder tut so.

Ich denke darüber nach.

Was ist das eigentlich für ein Thema, Autos und Frauen? Sind Autos bei uns auch eine Art »Penisverlängerung«, wie man es den Männern gern nachsagt? Brauchen Frauen Autos fürs Image?

Gemeinhin glaubt man ja, Frauen schauen nur auf die praktische Seite ihres Autos. Einkaufskörbe und Kinder müssen rein, hinten noch Hund und Fahrrad, und an der Tankstelle sparsam. Wie die ganze Frau.

Sind wir tatsächlich so berechnend, so vernünftig, so langweilig?

Flippen wir nie aus?

In der Autostadt Wolfsburg wurde in der Ausstellung *Frauen und Auto* ein kleiner Test gemacht: Zwölf Oldtimer standen da. Ganz unterschiedliche Marken. Schnuckelige, praktische, feuerrote.

Welchen würden Sie gern fahren?, lautete die Frage.

Sieger wurde ein feuerroter. Ein E-Typ, das Ding mit der langen Schnauze!

Was sagt uns das?

Der E-Typ ist betont sexy. Eine lange, überlange Motorhaube, eigentlich ein fahrendes Phallussymbol.

Aber eine Frau sitzt drin und beherrscht ihn. Macht doch Laune. Und ganz offensichtlich auch den Frauen, denen die superpraktischen Kombis untergeschoben werden. Ja, ja, das auch. Gebe ich zu. Ich habe auch einen. Aber das eine ist für den Kopf und das andere für den Bauch. Der Bauch fährt E-Typ. Oder eben Porsche. In meinem Fall am liebsten Porsche Turbo.

Es regnet wieder stärker, und ich überlege nun doch,

das Dach zu schließen. Die Luft ist feuchtkalt, der letzte blaue Fleck am Himmel ist verschwunden.

Rechts geht es gerade zum Flughafen ab. Auch nicht schlecht. Weg aus diesem verregneten Sommer, hinein in die Tropen, hin zur Sonne, zum Strand, zum Meer. Türkisblau, mit Hängematte, braungebrannte Körper und Piña Colada.

Und den Turbo im Parkhaus? Nie im Leben. Ich streichle über sein Lederlenkrad und gebe mal wieder Gas. Er antwortet mir.

Ach, das ist besser als ein Partner, denke ich und spüre, wie sich ein Lächeln in meine Mundwinkel schleicht. Der Turbo antwortet sofort. Keine Unlust, kein Ausweichen, keine Denkpause. Er ist da.

Kraftvoll.

Überhaupt, denke ich mir, apropos kraftvoll – ob jeder, der den Turbo bezahlen kann, ihn auch beherrscht?

Gestern war ich auf der Autobahn und am Bodensee unterwegs. Man braucht eine schnelle Reaktionsfähigkeit, ständige Aufmerksamkeit, gute Nerven, und man muss die Situation vorausahnen können. Augen vorn, hinten und auf der Seite. Das Ohr am Motor und der Hintern müssen ahnen, was sich unten auf der Straße tut. Wie auf einem heißen Pferd im Gelände. Wer da nachlässt, hat verloren.

Aber man kann auch einfach mit ihm promenieren. Auch das haben wir gestern bei herrlichem Sonnenschein getestet – warum regnet es heute eigentlich? –, meine Freundin und ich. Schade, dass keiner die Gesichter am Straßenrand fotografiert hat.

Es scheint einfach noch immer ungewöhnlich, dass es

nicht unbedingt graumelierte Herren oder Schönlinge mit zurückgegelten Haaren sein müssen, die einen Porsche fahren. Und womöglich auch noch bezahlen.

Dabei ist das 911er Cabrio ein super Frauenfahrzeug. Ich fahre ihn seit vierundzwanzig Jahren, habe meine Tochter währenddessen großgezogen, Umzüge bestritten, spontan erworbene Stühle von der *Ambiente* in Frankfurt nach Allensbach gefahren und überhaupt – es gibt nichts, was in einem Porsche nicht möglich wäre. Er ist alltagstauglich. Fahrräder, Kinder, Skier, Hunde, alles lässt sich in einem 911er transportieren. Selbst einen Mann auf dem Beifahrersitz, solange er nicht mitreden will.

Aber meistens wollen sie nicht mitreden, sie wollen selber fahren.

Das ist das Allerschlimmste.

Ich passiere den Tunnel, der das Ende der Autobahn anzeigt, und kurz danach kommt die Limmat in Sicht. Ich mag diesen Fluss. Jedes Jahr, kurz vor Weihnachten, erstrahlt auf einer winzigen Halbinsel der *Zirkus Conelli*, und jedes Jahr bin ich von diesem lichterfrohen Anblick begeistert und den beispiellosen Darbietungen der internationalen hochkarätigen Artisten. Und jedes Jahr kassiere ich einen Strafzettel fürs Parken, im letzten Jahr über hundertzwanzig Franken.

Das fällt mir gerade rechtzeitig ein, denn jetzt schnurrt mein Turbo Richtung Innenstadt. In der Nähe der Fraumünster-Kirche mit dem weltberühmten Chorfenster von Marc Chagall gibt es meist Parkplätze – wenn nicht gerade die Busse kulturbeflissener Japaner alles blockieren. Wie jetzt. Einige Damen eilen unter großen Regenschirmen vorbei, die Herren zücken die Kameras. Ich nicke freundlich, damit wir im Reich der Sinne eine gute Figur machen, mein Turbo und ich, und dann lass ich mal kurz den Motor aufröhren. Sorry, das ist pure Angabe, aber das muss sein.

Okay, ich bin bei Prada und verwerfe gerade den Gedanken, dass man durch Nichtkäufe einen Porsche Turbo finanzieren könnte. Das müssten schon viele Nichtkäufe sein. So oft kann ich überhaupt nicht nichts kaufen, um die Summe begleichen zu können.

Und wer will das schon.

Überhaupt – es ist ja nicht nur der Kauf an sich. Das Schöne am Einkaufen ist ja auch die Ruhe danach. Besonders, wenn man sich für die schönen Einkäufe mit einem entsprechenden Getränk belohnt. Wenn nur die Sonne schiene.

Und siehe da, kaum gedacht, rissen die Wolken auf.

Sorry, Café Sprüngli, ich liebe dich ja, aber jetzt muss ich meine Pläne ändern, jetzt muss ich hinauf zum Licht, Richtung Sonne auf den Zürichberg. Hier ist die Freude vollkommen. Es sind nicht nur die neuen Schuhe und der Turbo, nein, hier oben öffnet sich alles, geht übers Land, breitet sich aus und beflügelt die Sinne.

Jetzt geht es mir gut.

Ich streichle den Turbo mit einem Blick, bestelle einen Campari-Orange und atme auf. Jetzt könnte ich auch den handgeschriebenen Brief beantworten – wenn er nicht zu Hause läge.

Folgende Geschichten erschienen zuerst an anderer Stelle:
Stürmisch und heiter in: *Tod am Bodensee*, hrsg. v. B. Grieshaber u. S. Kopitzki, Gmeiner Verlag 2007; *Liebe* in: *Revue* vom 9.11.2006; *Wie Liebe gelingt* in: *Revue* vom 3.3.2007; *Mondän mit Hut* in: *Create*, Ausgabe 2007; *Freudemacher im Regen* in: *Ramp. Auto-Kultur-Magazin,* Ausgabe 1.

Gaby Hauptmann

Rückflug zu verschenken

Roman. 304 Seiten.
Piper Taschenbuch

Soviel Mut hat Clara sich selbst nicht zugetraut: Eigentlich wollte sie auf Mallorca ja nur günstig Urlaub machen. Nachdenken, was sie ohne Paul und all sein Geld anfangen soll. Außerdem braucht sie einen Job und zwar schnell. Warum nicht wieder als Innenarchitektin arbeiten, denkt sie spontan, hier sind so viele wundervolle Häuser einzurichten. Und unterstützt von ihren neuen Freundinnen Lizzy, Britta und Kitty stürzt Clara sich ins Abenteuer – sie ahnt nicht, worauf sie sich da bei ihrem mysteriösen russischen Auftraggeber eingelassen hat …

Gaby Hauptmanns neuer, herzerfrischend frecher Roman über gute Freundinnen und die Erkenntnis, dass ein Mann doch nicht wie jeder andere ist!

05/2364/01/L

Gaby Hauptmann

Frauenhand auf Männerpo

und andere neue Geschichten.
240 Seiten. Piper Taschenbuch

Eine Handvoll Männlichkeit … verbirgt sich das etwa hinter »Frauenhand auf Männerpo«? Ebenso unterhaltsam und hinterhältig wie Gaby Hauptmanns Erfolgsromane ist dieses Buch mit seinen Geschichten. Mit leichter Hand und einer kräftigen Prise Ironie gewürzt, sind diese Stories ein Lesevergnügen, das sich weder Frau noch Mann entgehen lassen sollten: Wie immer weiß Gaby Hauptmann anschaulich und augenzwinkernd aus dem modernen Beziehungsdschungel zu berichten, der für ihre Heldinnen ebenso viele Überraschungen bereithält wie für ihre Leser.

05/2069/02/R

Gaby Hauptmann

Liebesspiel

Vier Stories über Frauen, die wissen, was sie wollen. 96 Seiten. Piper Taschenbuch

Vier Frauen, die wissen, was sie wollen – doch bekommen sie das auch immer? Da ist Lisa, die noch nie einen so knusprigen Männerpo gesehen hat – zu wem der wohl gehört? Oder Heidi, die ihrem schnöden Liebhaber eine unvergleichliche Abfuhr erteilt. Und schließlich Irene, die einen ganz unerwarteten Anruf erhält …
Mit leichter Hand geschrieben, vier Stories für Lesevergnügen pur!

05/2074/02/L

Gaby Hauptmann

Ran an den Mann

Roman. 320 Seiten. Piper Taschenbuch

Schöne dunkle Augen hat er, das muss sie zugeben. Eva gönnt sich eigentlich nur noch kurz einen Absacker an der Bar, bevor sie nach Hause fährt. Und jetzt sieht sie dieser Typ da so an. Schon klar, was er will. Aber will sie auch? Unwillkürlich schießen ihr die magischen Worte ihrer frühreifen Töchter durch den Kopf: »Ran an den Mann …«

Frau mit Töchtern sucht ihren Weg – Gaby Hauptmanns Heldinnen finden dabei manchmal mehr, als sie wollen …
Der neue prickelnde Roman der Bestsellerautorin über die Wirrungen eines ganz normalen Lebens!

05/2068/02/R